光文社文庫

文庫書下ろし

鬼の壺

九十九字ふしぎ屋　商い中

霜島けい

光　文　社

この作品は光文社文庫のために書下ろされました。

目次

九十九《つくも》字《じ》屋の面々

九十九字屋とは

「よろず不思議、承り候」の看板を掲げ「不思議」を売買するお店。いわくつきの古い道具や器、絵、刀剣といったあやかし絡みの品々が持ち込まれる。

るい

天涯孤独の十五の時、亡者（幽霊）が見えるおかげで九十九字屋の奉公人として雇われ二年が経つ。困っている者を見ると放っておけず、しばしばあやかし絡みのトラブルに巻き込まれる。

ナツ

九十九字屋にときどき現れる神出鬼没の美女で、冬吾も彼女を無下にはできない。るいのいい相談相手であり頼れる姐御。しかして、その正体は……。

作蔵《さくぞう》

るいの父親。酔って壁に頭を打ちつけて死んだ時に妖怪「ぬりかべ」となり、今は九十九字屋の壁に棲む。壁のある所ならどこにでも移動できる。酒好きで口が悪いが娘思い。

冬吾《とうご》

店主。年齢は三十くらい？黒縁の眼鏡は、裸眼ではあやかしが見えすぎるため。愛想なしの変わり者だが実は情に厚いところもある。犬猿の仲の兄・周音《あまね》がいる。

第一話

片恋

一

年が明け、世間はそろそろ梅の盛りを迎えようかという睦月《むつき》の末。

九十九字屋《つくもじや》を訪れたその年最初の客は、波田屋甚兵衛《はたやじんべえ》であった。波田屋は本所亀沢町《ほんじよかめざわちよう》にある老舗《しにせ》の油問屋、主人の甚兵衛はこの年で齢《よわい》六十三の好々爺《こうこうや》然とした人物だ。趣味は怪談といわくつきの品物の収集という好事家《こうずか》で、九十九字屋店主の冬吾《とうご》の数少ない知己の一人である。

だから客と言っても甚兵衛にかぎっては、蔵にしまってあるあやかし憑《つ》きの品を物色しに来たか、たんに冬吾に目新しい幽霊譚《たん》でも聞きに来たか、どのみち差し迫った用件ではない。あやかし絡みの事件に巻き込まれた人間しか出入りできないはずの九十九字屋に平然と顔を見せるのも、まあ怪しい品々を愛《め》でる趣味ならばあやかしに憑かれていると言えなくもないわけで、それよりもこんなふうに主人が度々店を留守にしていていいのかしらと、るいはそちらのほうが心配だ。甚兵衛自身は、商売はほとんど息子にまかせて、おのれは半分隠居の身などと嘯《うそぶ》いているが。

「おまえさん、この年で幾つになったかね」

茶を出して座敷から下がろうとした時、甚兵衛に唐突に訊《たず》ねられて、るいは半分腰を浮かせた格好のまままきょとんとした。

「十七です」

そうかそうかと甚兵衛はうなずく。ちょうど釣り合いはとれるか、と呟《つぶや》いてから、

「それでおまえさんは、ひょっとして夫婦《めおと》約束をした相手でもいるかね」

などと言うものだから、るいは目をむいた。

「い、いいえ。そんな相手はいません」

「ふむ。ならばよかった」

何がよかったのかと、るいが話を呑み込めずにいると、つづけて甚兵衛は思いがけないことを口にした。

「実は、おまえさんを見初《みそ》めたという者がいるのだよ。なに、相手の身許《みもと》は確かだ。私が保証する。だからね、もしおまえさんがよければ、近々その男と会ってみないかい」

「はぁ？」

と、返った声は三つ。るい本人と、甚兵衛の差し向かいに座っていた冬吾と、座敷のどこかの壁にいるぬりかべ作蔵《さくぞう》のものだ。

（わあ、お父《と》っつぁんたら。波田屋さんに聞こえちまうじゃない）

父親がいることも、その父親が妖怪であることも隠しているのにとひやりとしたのが半分、もう半分でるいは甚兵衛の言葉に呆気《あっけ》にとられた。

（……見初めたって……え、あたしを？　それで、会うってことは、つまり……）

それはつまり、世間で言うところの。

「お見合いってことですか!?」

そんなに堅苦しく考えることはないよと、甚兵衛はにこやかに言った。

「そうだね、少しばかり話をしてみて、おまえさんが相手を気に入れば、そのまま話を進めればいい」

「え、ええ？」

青天の霹靂《へきれき》とは、このことだ。

畳にぺたんと座り込んで目を白黒させているるいをちらと見やり、冬吾が小さく咳払《せきばら》いした。

「波田屋さん。今日おいでになったのは、もしやその用件のためですか」

いたずらを咎《とが》めるような冬吾の口ぶりに、甚兵衛はふくふくと笑ってみせた。

「そうですよ。先にあなたにお話ししようと思っていたのですが、こうして本人もいることだし。こういうことはへんに大仰《おおぎよう》にせずに、ざっくばらんが一番というものです。私は、これはたいそうよい縁だと思っておりましてね」

「長年おつきあいをさせていただいていますが、仲人《なこうど》が道楽とは、ついぞ知りませんでした」

「本人に直々《じきじき》に頼まれては仕方がありません。それに、九十九字屋さんが係わっているとなれば、私が足を運ばないわけにはいかんでしょう」

それは普段から懇意にしているという意味か、それとも『不思議』を商うこの店に誰もが近づけるわけではないと薄々気づいているからだろうか。甚兵衛は湯呑《ゆの》みを手に取ると、ゆったりと茶を飲んだ。

こほん、と冬吾は先ほどより少し大きな咳払いをした。

「それで、相手はどこの誰なんです？」

「本所吉岡町《よしおかちょう》の花房屋《はなふさや》さんはご存じでしょう」

ちょっと考えてから、小間物屋の、と冬吾はうなずいた。

「花房屋のご主人の佐一郎《さいちろう》さんとは、俳句の会を通じての顔馴染《なじ》みでしてね。なかなか気性のよいお方で」

（……花房屋？）

るいの目が、今度はまん丸になった。

花房屋といえば、本所深川《ふかがわ》ばかりか大川《おおかわ》の向こう側にまで名の知れた大店《おおだな》である。先代の頃には木箱を担いで細々《ほそぼそ》と小間物の振り売りをしていたのが、代替わりして吉岡町に店を構えてから評判をあげ、今では主人一家と奉公人をあわせて二十人以上もの大所帯だというから、日本橋《にほんばし》あたりの名店にも劣らぬ繁盛ぶりだ。

当代の佐一郎にもともと商いの希《まれ》なる才覚があったのか、界隈《かいわい》に武家屋敷の多い吉岡町であるからうまく上流の客を摑《つか》んだか、はたまた信じられぬほどの運が回ったのか。ともかく花房屋の成功譚についてはあれこれと人の口の端《はし》にのぼることが多く、るいも噂だけなら何度も店の名を耳にしていた。

「その花房屋がどうしました」

「ええ、佐一郎さんにはこの年で十九になる息子がいまして、草太郎《そうたろう》さんというのですが、その人が今回のお見合いの相手です」

甚兵衛がさらりと告げた言葉に、一呼吸おいてまたも「ええっ？」と異口同音の声が三つ、座敷に響いた。

おやと甚兵衛はあたりを見回した。

「今日は、他にどなたかいらっしゃるのですか」

いえいいえ誰もいませんと、るいは慌てて首を振る。

「ふむ。どうも先ほどから、どなたか別の方の声が聞こえるような気が……」

さすがに作蔵の声に気づいたようで、甚兵衛は首を捻《ひね》ることしきりだ。

「えっと、それはあのう……そう、猫です猫！　あそこにいる三毛猫が鳴いたんです！」

るいに指をさされて、それまで階段の中ほどで耳だけ立てて丸まっていたナツが、迷惑そうに顔をあげた。やれ仕方がないとばかりに頭を振ると、一声鳴いた。

「ええーにゃーん」

「またずいぶんと、変わった鳴き声の猫ですな」

「そ、そうですね」

しかしもっと野太い声だったようなと呟いている甚兵衛に向かって、

「それで、見合いの相手のことですが」

冬吾が強引に話を戻した。

そうでしたと甚兵衛はうなずく。

「佐一郎さんには、草太郎さんしか息子がおりませんでね。ゆくゆくは草太郎さんが店を継ぐことに決まっております。つまり、花房屋の跡取りの若旦那がこちらのるいさんをぜひにと望まれているわけで、これはるいさんにとっても破格に良い話ではないかと思うのですよ」

「ちょっと待ってください」

るいは声を張り上げた。

「何かの間違いじゃないですか？　だって、あたしのことを見初めたって仰《おつしや》いましたけど、あたしはそんな大店の若旦那にどこかで会ったおぼえなんてありませんから」

「いやいや、おまえさんは草太郎さんにしっかりと会っているよ。それにおまえさんも、あの人のことを、しげしげと見つめていたじゃないか」

るいに向けられた好々爺の顔が、一瞬、いたずらっ子のような笑みを浮かべた。

「昨年の師走《しわす》だよ。おまえさんは届け物をしに、波田屋を訪ねて来ただろう。その時にちょうど草太郎さんも佐一郎さんの用事でうちに来ていてね、おまえさんと店先で入れ違いになった。私は草太郎さんを見送りに店の表に出たところだったから、全部見ていたんだよ」

「ええっと……？」

るいは指先で自分の頭をつつきながら、記憶を探った。

冬吾に言われて波田屋にお使いに行ったのは間違いない。師走になってすぐのことだ。その時に甚兵衛がたまたま店先にいたというのも、そのとおりだ。

（そういえば誰かが、波田屋さんと一緒にいたような……？）

波田屋は油問屋だが、小売りもしているので日頃から頻繁に人の出入りがある。だから店先に客の姿があっても、るいは気にもとめていなかった。——しげしげと見つめていたなんてとんでもないわ。げんにあたし、その誰かさんの顔もおぼえちゃいないもの。

そこまで考えて、るいは「あっ」と声をあげた。

(思いだした)

確かあの時――。

甚兵衛の姿を見て、挨拶《あいさつ》をしようとそちらに顔を向けたとたん、るいは思わず足を止めたのだ。というのも甚兵衛のそばに、いや、一緒にいた人の傍《かたわ》らに小さな影がちらちらと見え隠れしていたからだった。一体何だろうと、正体を確かめるためにるいが目をこらしていたのを、甚兵衛が勘違いしたのだろう。

そんなだから、その誰かさん――肝心の若旦那については顔も姿もさっぱり目に入らなかったのである。

(でもまさか、花房屋の若旦那は何かに憑かれていますよなんて、ここで言うわけにもいかないし)

冬吾には後で事情を説明するとして、るいは何とか反論を試みた。

「でもあの、そりゃありがたいお話ですけれども、ご存じのようにあたしはただの奉公人なんです。裏長屋で生まれ育った人間と大店の若旦那じゃ、いくら何でも格が違います。こんな話、花房屋の旦那様だってきっとお許しになりませんよ」

世間体《てい》や店の将来のことを思えば、花房屋が一人息子の相手には相応に良い家の娘をと望むのは当たり前のことだ。

破格に良い話だと甚兵衛は言ったが、破格という言葉には良い意味と悪い意味がある。悪いほうの意味は「きまりに外れている」だ。世の中は万事、釣り合いというものが大切で、この見合い話で釣り合いが取れているのは、十九と十七というお互いの年齢だけである。

ところが。最初に甚兵衛がそう呟いたように。

「おまえさん、私がそんなことも考えずにここへ来ていると思うのかい？」

聞き分けのない子供を諭すように、甚兵衛は首を振った。

「もちろん、佐一郎さんは承知しているとも。あの人だって生まれ育ちは裏長屋だ。お内儀《ないぎ》のお福《ふく》さんももとは深川の料亭で女中をしていた人でね、息子の嫁は元気な働き者が一番、家柄なんぞは二の次三の次だと、夫婦が口を揃《そろ》えて言ったものだ」

「えぇぇ」

名高き大店の主人夫婦が、ざっくばらんにもほどがある。

「なに、先に言ったように、会ってみておまえさんがどうしても気が進まないというのなら、断ってくれてかまわないんだよ」

だったら今ここできっぱり断ったっていいじゃないのと、るいは思った。多分こういうことは、先にいくほど断りづらくなるものだ。見合いの相手が大店の一人息子で、話を持ち込んだのが九十九字屋の上客の波田屋となれば、なおのことである。

万が一、見合いをして相手に気に入られでもしたら、そのまま祝言《しゅうげん》までまっしぐらということになりかねない。

そもそもどうしてあたしなのかしら、とるいは心の中で首を捻る。見初めたなんて言われても、にわかに信じられるわけがない。大店の若旦那なら、どんな器量よしもよりどりみどりでしょうに。あたしあの時何か、よほど面白いことでもしたかしら。

(誰かと夫婦になるなんて、今まで考えたこともなかったわ)

想像してみたが、自分が誰かと所帯をもっているところなど、さっぱり頭に浮かばない。小さく吐息をついてから、るいはちらちらと横目で冬吾を見た。

(冬吾様は、なんて言うかな)

せめて返答を先延ばしにするよう言ってくれないかしらと思っていると、

「まあ、このままこの店にいても行き遅れるだけだからな。願ってもないことだろう」

冬吾の口から出た言葉に、るいは思わず息をつめた。

「え……」

「好きにしろ。私はかまわんぞ。店の主人として、奉公人の嫁ぎ先を探す手間が省けるのは助かる」

何やらぐっさりと、胸に刺さった気がした。

「だ、だけど、この店の奉公人はあたししかいないんですよ？　あたしがお嫁に行ってここをやめたら、誰が冬吾様が散歩だなんだと外をほっつき歩いている間に店番をするんですか⁉」

「人聞きが悪い。ほっつき歩いているわけではないぞ。——おまえの代わりに、新しい奉公人を入れればいいだけのことだ」

「冬吾様みたいに無愛想で威張《いば》りん坊な人のところで奉公できる人なんて、他にいませんよ」

「誰が無愛想で威張りん坊だ」

「それに、ヘタすると昼までぐうたら寝ているし、面倒くさがりだし変わり者だし、このお店にしたって——」

すんでのところで、はっと口をおさえる。人でないモノが見える者でなければ九十九字屋での奉公は勤まらないということまでは、甚兵衛の前ではうっかり口にしないほうがいい。よろず好事家というのは、何に食いついてくるかわからない。

大きな眼鏡《めがね》とぼさぼさの前髪のせいで普段は表情がよくわからない冬吾だが、この時は珍しくはっきりとしかめっ面になった。袖《そで》に手を入れて腕を組むと、

「いらぬ心配をする前に、その歳《とし》になってこれまで縁談のひとつもなかったことを心配しろ。おまえのように大雑把で騒々しい娘でも見初める相手がいたというのは、けっこうなことだ。嫁に行く云々《うんぬん》の前に、見合いをして愛想を尽かされたりしないように、せいぜい男の前では大人しくしていることだな」

この機会を逃せば本当に行き遅れになるぞと言われて、るいはむうっとふくれた。

(ひどいわ)

今度は胸の中がズキズキと痛い。それは多分——そう、きっと、これまで一生懸命に働いてきたつもりなのに、代わりの奉公人を雇えばすむとあっさり言われたからだ。この店にとってるいは、いくらでも替えのきく存在なのだ。

さもなくば、大雑把で騒々しいなどと言われたせいだろうか。あたしのことをそんなふうに思っているなんて——まあ、普段からよく言われているけれど——と、先に店主

を無愛想だの威張りん坊だの変わり者だのとさんざんに言った自分のことは棚に上げて、るいは恨めしく冬吾を見た。

「何だ？」

冷ややかに視線を返され、

「わかりました。もういいですっ」

るいはほっぺたをいっそう丸くふくらませた。

「行き遅れになったら困るから、この話はお受けします。それであたし、花房屋の嫁になります。冬吾様はどうぞ心置きなく、新しい奉公人を探してください」

「……何を怒っている？」

「怒っていませんよ」

るいはそっぽを向いた勢いで甚兵衛に対して居住まいを正すと、頭を下げた。

「ぜひ、花房屋の若旦那さんに会わせてください。よろしくお願いします」

「そうかい、受けてもらえるかい。では先方に、そう伝えておくよ」

波田屋甚兵衛は目を細めると、にこやかにうなずいた。

「やれやれ、何をやらせるんだい」

るいが店の表に出て甚兵衛を見送っていると、三毛猫が傍らに来てぼやいた。先ほどの「ええーにゃーん」のことだ。

「ごめんなさい。とっさに……」

慌ててるいが謝ると、ナツは前肢《まえあし》でくるりと顔を撫《な》でた。

「いいけどサ。あんたこそあんな安請け合いをしちまって、よかったのかい？」

「安請け合いって、お見合いのことですか？」

「あれじゃ売り言葉に買い言葉じゃないか。冬吾もたいがいだけどね」

波田屋も人が悪いねと、これはナツが口の中で呟いたことだ。

「そんなんじゃありませんよ。大店の嫁なんて、夢みたいな話だわ」

「そうかい」と三毛猫がニヤリとしたから、本気です、あたしは本当に花房屋の若旦那に会いたいって思ったんですと、るいはムキになった。

その時、店の中から作蔵の盛大なわめき声が聞こえてきた。

「おいこら、店主！　勝手なことを言いやがって、るいの父親は俺だぞ！　こっちに一言の相談もなく見合い話を受けるたぁ、どういう了見《りょうけん》でい！」

一応、客の甚兵衛がいる間は堪《こら》えて黙っているという分別は、あったようである。

「はぁ？　話を受けたのは自分じゃない!?　屁理屈こねやがって、……あ、待て！　こっちの話は終わっちゃいねえぞ。逃げやがる気かっ？」

どうやら冬吾は二階の部屋に退散したらしい。ちなみに冬吾の部屋にはあやかし除《よ》けが施してあって、作蔵は中には入れない。

(そういや、うっかり忘れていたけど)

るいは、外に突っ立ったまま「うーん？」と考え込んだ。

(お父っつぁんと一緒じゃ、あたし、どこにもお嫁になんかいけないわよね)

これがあたしのお父っつぁんです、なんて作蔵を紹介したひにゃ、相手は目を回すか悲鳴をあげて逃げだすにきまっている。

(お父っつぁんごとあたしをもらってくれる人じゃなきゃ。でもそれだと、よっぽど肝が太いか、それとも)

よっぽどあやかしに慣れている人だわと思ってから、るいは思わず店を振り返り――慌てて、赤くなった自分のほっぺたを両手でぴしゃりと叩いたのだった。

二

翌日にはさっそく、甚兵衛から見合いの日取りについての知らせが届いた。なんと、三日後だという。段取りとしては両国《りょうごく》辺りの茶屋で相手と待ち合わせて、一刻ばかり一緒に界隈をぶらつくというものだ。

普通は見合いといえば、芝居見物をするとか、この時季ならば梅見の席を設けるとかするものだが、その場で当人どうしが言葉を交わすことはほとんどない。文字どおり、両者の顔見せが目的なのだ。

しかし今回は、すでに相手の花房屋草太郎はるいの顔を見知っているわけだし、「ざっくばらんが一番」と言っていた甚兵衛であるから、格式張った手順はすっとばすことにしたらしい。

「波田屋もせっかちだね。三日後だなんて、こっちの用意が間に合わないじゃないか」

ナツがこぼすのを聞いて、「用意って？」とるいは首をかしげる。とたんに化け猫は妖艶《ようえん》な美女の姿になって、呆《あき》れたように紅《べに》を刷《は》いた唇を歪《ゆが》めた。

「いろいろあるだろ。見合いのための晴れ着や、もう少し上等な小物を買いそろえるとかさ」

「でも普段どおりでいいって、波田屋さんの文にはありましたよ」

余談だが、九十九字屋にも手紙はちゃんと届く。風鈴をちりんちりんと鳴らしながらやって来る十七屋《じゅうしちや》（飛脚《ひきゃく》）だけは、どういうわけか店の周囲に巡らせた人除けの仕掛けに引っかからないらしいのだ。

それについては、まあ文も来ないんじゃ仕事の依頼も受けられないものねと、なんとなく納得したつもりになっている、るいだ。

「だからって、まさかそのままの格好ってわけにゃいかないだろ。こういう時におめかししないで、いつするんだい」

結局いつものように、店の蔵にある着物をナツに見繕ってもらうことになった。もちろん、あやかしが憑いてない品である。

ナツが慌ただしく蔵へ行ってしまうと、店の中は急に静かになった。土間の上がり口に腰かけて、はあ、とるいはため息をつく。

（お父っつぁんはふて腐れて顔をださないし、冬吾様は外へ行ったっきり戻って来ないし……）

　でも、昨日の今日で何となく顔を合わせづらい気もするから、冬吾が不在なのはよかったかもしれない。

（花房屋の若旦那さんて、どんな人なんだろ）

　昨日から何度も思いだしてみようとしたのだが、やっぱりさっぱり、相手の面差しどころか背格好すら頭に浮かばない。あたしったら、よほど興味がなかったのねえ……と、自分でも呆れるほどだ。

　なのににるいが波田屋の店先でじろじろと見たものだから、甚兵衛同様に、相手も誤解したかもしれない。おやこの娘は自分に気があるようだぞ……と。うん、まあ、ありそうな話だ。

（そういえば、冬吾様にまだ言ってなかったわ）

　若旦那のそばにいたモノの正体。目を凝らしてわかったのは、それが赤い振り袖を着て、おかっぱの頭に小さな髷《まげ》を結った童女であったことだ。

（幽霊かしら。恨みがあって取り憑いているわけじゃなさそうだったけど）

　もしもあんな小さな子供の恨みをかうような人間なら、係わり合いたくないところである。

いや、そうでなくたって――。

(やっぱり、お見合いをするなんて、言わなきゃよかった)

ずんと気が重い。

売り言葉に買い言葉だとナツは言ったが、そのとおりだ。冬吾の言葉に勝手に腹を立てて、意地をはってしまったのだ。

あたしったら、なんて馬鹿なんだろう。そんなことを思って、るいはまた、はあと大きなため息をついた。

そこへナツが戻って来て、選んだ着物と帯を畳の上に広げて見せた。この時季だからと着物は梅文様の小紋、半襟《はんえり》も紅梅の色という清楚《せいそ》な取り合わせだ。

「お連《れん》が、どうして自分を選ばないのかってむくれていたよ」

ナツは苦笑した。お連というのは、蔵の中の振り袖に憑いたあやかしの少女である。

「え、お連さん？　元気かしら」

「変わりゃしないよ。まったくうるさいったら。よほど退屈しているから、あんたと一緒に外へ行きたくてたまらないんだろ」

虫干しの日に見たその振り袖は、確か水浅葱《みずあさぎ》色の曙《あけぼの》染め、裾《すそ》と袖には華やかな花車をあしらった、それは豪奢《ごうしゃ》で美しいものだった。思いだして、るいはうへぇと思う。いわくつきでなくても、ご辞退申し上げたい。そんな高価な着物を着てその辺を歩いていたら、どこの大店のお嬢様かと思われてしまう。

「あとは紅と白粉と、手絡《てがら》も新しい布に取り替えて、そうだ、いっそ髷も流行の型に変えてみちゃどうだい」

楽しげなナツの様子に、るいは首をかしげる。

「ナツさん、もしかすると面白がってるでしょ」

おやわかっちまったかいとナツがクスクス笑うのを見て、るいは三度めになる大きなため息をついた。

当日はよく晴れて、早春の陽射しにも強張《こわば》った身体《からだ》がふと緩むような温もりが感じられた。時おり吹く風はまだ冷たいが、それでも肌を刺す鋭さはない。

（絶好のお見合い日和《びより》だわね）

亀沢町に向かって歩きながら、るいは肩をすくめた。まず波田屋で甚兵衛と落ち合って、連れ立って両国へ行く予定だ。

いくらお天道様《てんとうさま》がきらきらしていても、ナツが選んでくれた綺麗《きれい》な着物を着て紅を差していても、うっかりすると足取りが重くなる。だから気合いを入れて、せっせと足を動かした。

「気に入らねえ。なんだってんだ、冬吾の野郎、こっちが話しかけてもろくすっぽ返事もしやがらねえで」

竪川《たてかわ》を渡れば武家屋敷が多く、道の両脇には高い塀がつづく。その塀に沿って歩いていると、作蔵の恨み言が聞こえてきた。

「だいたい見合いだってんなら、仲人が父親の俺にまず話を通すのが筋ってぇもんだろうが」

そのとおりだが、無理難題というものだ。筋を通そうとしたら、甚兵衛の心臓が幾つあっても足りないだろう。

しかし作蔵ときたら見合いが決まってからずっとこの調子で、つまりすっかり拗《す》ねてしまっているのである。

るいはそっとあたりを見回した。幸い、あたりに人通りはない。

「お父っつぁん、うるさいよ」

「けっ。おめえもおめえだ。俺に一言の相談もなしによ。勝手に嫁に行く気か？」

「お嫁に行くとは言ってないでしょ」

「はぁ？　相手に会うってなぁ、そういうことじゃねえか。嫁に行く気もねえのに見合い話を受ける馬鹿がどこにいる」

「う……」

るいは言葉につまった。その馬鹿が紛れもなく自分だとは、さすがに言い返せない。

「俺ぁ許さねえからな。大店の若旦那だか何だか知らねえが、手塩にかけて育てた娘を、はいそうですかとほいほいくれてやってたまるかってんだ」

「何度も言うけど、育ててないでしょ。あたしのことはおっ母さんにまかせっきりだったじゃない。赤ん坊のあたしが泣いていても、自分は酔っぱらってぐうぐう寝てたって、おっ母さんがしょっちゅうこぼしてたよ」

「うるせえうるせえ。おむつを替えてやった恩も忘れやがって。えいくそ、こうなったら、相手の野郎をぶん殴ってやらなきゃ気がおさまらねえ。こう、襟首を引っ摑んでだな……って、おいこら、るい、聞いてるのか⁉」

るいは道の真ん中を歩くことにした。ありがたいことに、塀から離れれば作蔵の声は聞こえない。

(でも、お父っつぁんの言うとおりだわ)

冬吾ともずっと顔を合わせづらいままだ。ろくに会話もしていないのは、何の用事なのか冬吾がやたらに出かけていることが多かったせいである。かろうじて、今日は店を休む許しだけは、もらえたが。

「……やめた。ぐずぐず考えたって仕方ないわ」

やっぱり、今日、若旦那さんに会ったらきちんとお断りしよう。ごめんなさいって、謝ろう。波田屋さんにもお詫《わ》びして、この話はなかったことにしてもらおう。

心を決めると、るいはむんと胸を張って、波田屋を目指す足を速めた。

「やあ、おいでなすった。——おおい、草太郎さん、こちらだよ」

待ち合わせ場所は両国橋の近くにある茶屋、甚兵衛とともに茶を飲みながら相手を待つことしばし。ふいにその甚兵衛が床几《しょうぎ》から立ち上がって、目の前の人通りに向かって手招きをした。

るいがそちらに目をやると、お供を連れた若い男が人混みを離れてこちらに近づいてくるのが見えた。

背は高からず低からず、痩せても太ってもいない、醜男《ぶおとこ》ではないが美男でもないという、こう言ってはなんだが世間並みが長羽織を着て歩いているというのが、一目見た印象である。悪いけど、たとえ顔を見ていたとしてもその日のうちに忘れちまいそうだわと、るいは思った。大店の若旦那だけあって品の良さは感じさせるが、あとは人柄で勝負といったところだ。

お供のほうは、花房屋の奉公人であろう男が二人。こちらはまた無遠慮に、やたらにじろじろとるいを見つめてくる。まるでるいが若旦那の相手にふさわしいかどうか、値踏みでもしているみたいだ。

あれ、とるいは内心で首をかしげた。

(今日はいないわね)

それともどこかに隠れているのか、若旦那のそばに例の童女の姿はなかった。

「るいさん。来てくれて嬉《うれ》しいよ」

草太郎はるいの前に立って、にこにこと笑った。るいは慌てて床几から腰を上げた。

「はい、あの……こんにちは」

「吉五郎《きちごろう》、信助《しんすけ》、おまえたちはもう帰っていいよ」

若旦那の言葉に、二人はとんでもないという顔をした。あたしらはしっかりと若旦那のお供を務めるよう旦那様から言いつかっておりますからと、声を揃えて言い募った。

「だったらせめて、見えないところにいておくれ。おまえたちが見張ってたんじゃ、私はるいさんと落ち着いて話もできやしない」

草太郎が顔をしかめると、二人は渋々というように言われたとおりにした。

「では、私もこれで」

甚兵衛が草太郎に挨拶して立ち去ろうとしたので、るいはえっと思わず声をあげた。

「波田屋さんもお帰りになるんですか？」

「それはそうだよ。私が一緒にくっついて行ってどうするんだい。――まあ、おまえさんにとってはたまの休みだ。楽しんでおいで」

言われてみればそのとおりだが、結局草太郎と二人で取り残されて、るいはとほほと肩を落とした。

「じゃあ行こうか、るいさん」

草太郎はにこやかに言って、歩きだす。

「あ、あの……」

どのみちお断りすることになるなら、早いほうがいい。今、言わなくちゃ。そう思ってるいが草太郎を呼び止めようとした時。

つん、と袖を引かれた。

あらと、るいは目を見開く。

いつの間にか、傍らにあの赤い振り袖を着た童女が立っていた。まるでお雛様のような白くて可愛らしい顔をしている。すっと筆で描いたような目でじっとるいを見上げてから、「ふふん」と大人のように鼻を鳴らした。

「なぁんだ。おセツに似ているって草太郎が言っていたけど、近くで見たらちっとも似ていないじゃないか」

「え、え?」

「おまえは、草太郎が好きなのか?」

るいがきょとんとしていると、童女はまた「ふふん」と言った。

「言っておくが、草太郎はおまえのことは好きじゃないぞ。草太郎は、おセツが好きなんだ」

「ええと……」と、るいはようやく口を開いた。おセツって誰よと思いながら、周囲に目をやって声をひそめる。

「でも今日は、若旦那さんのほうからあたしに会いたいって言ってきたんだけど」

童女はまたるいをまじまじと見ると、首をかしげた。

「おまえは、草太郎と夫婦になるのか？」

ならないわよと、るいは慌てて首を振る。一体この子は何者だろう。

（幽霊ではなさそうね）

まわりの誰にも姿が見えていないようだから、あやかしには違いないが。

「悪いけど、今、お断りしようと思っていたところ」

ふぅんと、童女は眉《まゆ》を寄せてしばし考え込んだ。

「そうか。——よし、それならおまえは草太郎と一緒にいてかまわない」

「はぁ？」

「草太郎はずっと元気がなかったんだ。でも今日はにこにこしている。だから、今日はおまえが草太郎のお守りをしろ」

「お、お守り……？」

「うん。吾《われ》が許す」

童女はいかめしく言った。その口ぶりが顔立ちの愛らしさや声の幼さとはなんとも不釣り合いで、るいは呆れながらも思わずふきだしそうになってしまった。

「あんた、誰なの？」

訊ねると、童女は得意気に胸を反らせた。

「吾は花房屋の守り神だ」

えっ、とるいは目を瞠《みは》った。

(守り神？)

まあ、なんて小さな神様だろう。

「よいな。しっかりと草太郎の面倒をみるんだぞ」

童女は念を押すと、赤い袖をひるがえした。くるりと身体の向きを変えて、そのままぱたぱたと行き交う人々の中に駆け込んでいってしまった。

「あ、ちょっと待って。お守りだの面倒をみるだのって、そんなこと言われてもあたし、困る……！」

るいさんと呼ばれて、るいはハッとした。草太郎が少し離れたところから、不思議そうにこちらを見ている。大方の人間と同じで、やはり童女の姿は彼の目には映っていなかったらしい。

「どうしたんだい。もしや具合でも悪いのかい？」

草太郎がこちらにとって返そうとしたものだから、るいは慌ててぴょんと前に飛びだした。

「ち、違います。今、行きます！」

言ってから、頭を抱えそうになった。

（しまった、お見合いはできませんて言うつもりだったのに）

これじゃ断れないじゃないのと、るいは童女が消えた盛り場の人混みに恨めしく目をやったのだった。

幟《のぼり》を掲げた見せ物小屋や様々な品物を並べた露店が建ち並ぶ両国橋の袂は、言わずと知れた江戸一番の繁華地だ。方々から聞こえる大道芸人たちの口上や、娯楽を求めて集まってくる人々の喧噪《けんそう》で、ここは連日ちょっとしたお祭りのように賑《にぎ》わっている。

その中を、るいは草太郎と一緒に面白そうな店をのぞいたり、大道芸を見物したりしながら、ぶらぶらと一刻《いっとき》ばかりも歩き回った。花房屋のお供の二人もついてきているはずだが、こちらは若旦那の言いつけをきっちり守っているらしく、ほとんど姿を見かけなかった。

（いつまでこうしているつもりかしら）

隣を歩く草太郎を横目で見て、るいは幾度めかこっそりため息をついた。

退屈だというのではない。道端で披露される手妻《てづま》や曲鞠《きょくまり》にはるいも他の見物人と同じように歓声をあげたし、見せ物小屋のからくりや物真似《ものまね》なども楽しんだ。

困ったのは、るいが露店で立ち止まってふと目についた半襟や下駄や絵双紙などを手にとったとたん、草太郎が自分の懐から財布を取り出すことだ。

「それが欲しいのなら、買ってあげるよ」と言うのを、そんなことをしてもらっては困ると断りつづけて、るいはだいぶうんざりしていた。

今もうっかりと小間物売りの前で立ち止まってしまい、しまったと思った時は遅かった。目をとめたのは花をあしらったびらびら簪《かんざし》。あの小さな守り神様に似合いそうね、でも髷が小さいし髪の毛もさらさらと柔らかそうだったから、簪を挿《さ》すのは無理かしら……などと思っていたら、草太郎が店に並べてあった簪の中からひょいとそれを摘《つま》み上げた。

「これが気に入ったのかい？」

違いますと、るいは慌てて首を振る。

「そうじゃなくて、えっと……そう、知り合いの女の子に似合いそうだなって思っただけで」

「ふぅん」

草太郎は簪を目の高さにあげて、しげしげと眺めた。

「簪なら、うちの店にもっといい品があるよ。こんな安物じゃなくて」

さすが小間物を扱う大店の若旦那の言うことだが、

(そんなこと、何もここで言わなくたって)

るいはひやりとする。案の定、露店の店主が草太郎の言葉に血相を変えた。

「おい兄さん、うちの店にケチつけようってのか。ここにあるのは全部、一流の職人に頼んで仕上げてもらったものばかりだ。言いがかりはたいがいにしてくんな」

どすのきいた声で凄《すご》まれて、草太郎はきょとんとした。

「だって、安物なのは見ればわかるよ。これを一流の職人が作ったなんて、とんでもない話だ」

「なんだと、てめぇ！」

店主の怒声に、周囲の人々が何事かと振り返る。その中から吉五郎と信助が泡を食ったように飛びだしてきた。

(まずいわ)

るいはとっさに草太郎の袖を摑んだ。

「若旦那さん、簪を台に戻して。——走りますよ！」

「え、え？ 走る？」

「逃げるにきまってるでしょ！」

言うやいなや、るいは相手の袖を握ったまま、脱兎《だっと》のごとく駆け出した。引きずられるようにして、草太郎もあわあわとついていく。

人混みに紛れて走ると、背後の怒鳴《どな》り声はすぐに遠ざかった。ありがたいことに、店主が追ってくる気配はない。よしず張りの小屋と小屋の隙間のような細い道に駆け込んで、そこでようやくるいは足を止めた。

草太郎の羽織の袖を放して、思わず大きく息をつく。安堵《あんど》したのと、走って息が切れたのが半分ずつだ。

草太郎はといえば、なんと亀みたいに地面に両手をついてへたばっていた。

「ああ、草臥《くたび》れた。私は走るのは苦手なんだよ」

なるほど、人となりはいまだによくわからないが、普段からろくすっぽ足腰を鍛えていないことだけはわかった。

「あのね、若旦那さん」

るいは息を整えると、腰に手を当てて草太郎を睨《にら》んだ。

「売っている品を目の前で安物だなんて言われたら、誰だって怒るにきまってるじゃないですか。何だってあんなことを言ったんですか」

草太郎は座り込んだまま、ようやく上半身を起こして不思議そうにるいを見た。

「だって本当のことだよ。うちの店じゃ、あんな細工の悪い物は売らないよ。それに、一流の職人がつくったなんて言って客を騙《だま》すのは悪いことじゃないのかい」

「そりゃ、花房屋で扱っている品に比べたら、たいていの物は安物ってことになっちまいますよ。たとえ本当のことでも、言っちゃ駄目です。客だって、露天商の口上だってわかっていますから、たいていの人はそうそう騙されたりしません」

そういうものかねえと右に左に首をかしげた草太郎だが、すぐににっこりした。

「そうだ、今度うちの店においでよ。簪が好きなら、どれでも好きな物を選んでおくれ。それをるいさんにあげるから」

「簪を、ですか？」

るいは呆気にとられて、草太郎を見返した。そうだよと、草太郎は事も無げにうなずく。

「何か買ってあげようとしても、るいさんはいらないって言うからさ。私がうちの店の品をあげるのだったら、受け取ってくれるだろう？」

花房屋の売り物ならそれこそ一流の品だろう。そんな高価なものを、ほいほい受け取ることなどできるわけがない。だが、問題はそこではなく――。

「若旦那さん、あの」

「草太郎と呼んでおくれな」

るいは思わずため息をつきそうになった。

「じゃあ、草太郎さん、おうかがいしますが」

「なんだい？」

「男が女に簪を贈る意味をご存じで？」

首を捻ったところを見ると、ご存じないらしい。これでまたひとつわかったことは、

(この人、とんだ世間知らずだわ)

「夫婦約束をするってことですけど」

世間では、男が女に簪を渡すのは、生涯の伴侶になってほしいと告げることと同じ意味を持つのだ。

「そうなのかい？」

草太郎はぽかんとした。つづけて何か言いかけたように見えたが、るいを見つめたまま、それきりすんと気まずそうに押し黙ってしまった。

(あら)

るいを見初めたと言っていたのだし、こうして見合いのために会っているのだから、普通なら「それならぜひ、私から簪を受けとっておくれ」となるものではなかろうか。

——草太郎はおまえのことは好きじゃないぞ。草太郎は、おセツが好きなんだ。

守り神を名乗る童女の言葉を思いだして、どうやら訳ありだわと、るいはこっそりう

なずいた。

(それにしたって……これじゃ、本当にこの人のお守りをしているみたいなもんじゃないの)

やれやれと思ったとたん、るいの腹がぐうと鳴った。

「わぁ」

赤くなって腹をおさえたるいを見て、草太郎は笑顔になった。手を払って立ち上がり、長羽織の裾もはたいてから、そろそろ昼時だねえと言った。

「昼餉《ひるげ》にしようか。そういえばこの近くにお父っつぁんの行きつけの料亭があったはずだから、そこにしよう。料理人の腕もよいし、庭の景色がなんとも趣があってねえ。吉五郎たちに駕籠《かご》を呼んでもらって――」

「待った、待ってくださいっ」

冗談じゃないとるいは慌てた。花房屋の主人の行きつけなんて、一回食事をしただけで小判が何枚も吹っ飛ぶような高級料理屋に違いない。どんなに美味《おい》しくたって、豪華な調度品に囲まれて蒔絵《まきえ》の食器で料理が出てきたひにゃ、味なんてわかりゃしないわと思う。

「お団子！　そう、あたし、お団子が食べたいです！」

「え、団子をかい」

「はいっ。さっき、美味しそうなお団子を売っている屋台を見つけたんです。お昼はそこにしましょう」

「だけど――」

「あっちですよ。行きましょう！」

戸惑う草太郎を尻目に、るいは踵《きびす》を返すと、とっとと先に立って歩きだした。


ところが、その団子でまた一悶着《ひともんちゃく》があった。

るいの見立てどおり、どうやらその団子屋は界隈でも評判の店であるらしい。ちょうど腹のすく時刻とあって、屋台の前には客が列をなしていた。

最後尾に並ぼうとして、るいはすぐ後ろにいたはずの草太郎が、いつの間にかいなくなっていることに気づいた。おやと思ってあたりを見回すと、行列を無視してとことこと店に近づいていく姿がある。首をかしげてからるいがぎょっとしたのは、なんと草太郎が、そのまま列の一番前に堂々と割り込んだからだ。

「わ、若旦那さん！」

名前で呼ぶのも忘れて、るいは草太郎のもとに駆け寄った。早くも割り込みに気づいた客が、なんだなんだとこちらを睨む。彼らの咎める視線にもおかまいなしに、草太郎は団子を焼いている店主の前で財布を開いた。

「これで店の団子を全部売っておくれな」

差し出された小判を見て、団扇《うちわ》で炭をあおいでいた店主はあんぐりと顎《あご》が落ちそうな顔をした。団子は一串四文、店の団子をすべて買い占めたところで、到底小判一枚の値にはならない。仰天《ぎょうてん》するのも当然だ。

「全部って……ええっ、そんなに買ってどうするんですか⁉」

るいが悲鳴のような声をあげるのと、行列の中からいかにも荒っぽい職人風の男が袖をまくって進みでてきたのが同時だった。

「おい、若いの。あとから来て団子を全部売れたぁ、どういう料簡《りょうけん》だ。こっちは寒い中、並んでずっと待ってたんだぜ」

「そうだ」だの、「列に並べ」だの、他の客たちも口々に不満の声をあげた。無関係な通行人たちまでが騒ぎに気づいて足を止め、野次馬よろしくこちらを眺める始末だ。

（そりゃ、みんなが怒るのは当たり前だわ）

団子を食べるのを楽しみに自分の番を待っていたのに、目の前でそれをかっ攫《さら》われてしまったら、不満が出るのは当然だ。

「若旦那さん、せめて後ろに並びましょう」

るいがこそっと腕を引くと、草太郎はきょとんとした。

「だってそれじゃ、時間がかかるよ。私は並んで待たされたことなんてないんだよ」

多分、そのとおりなのだろう。本人には大店の一人息子として特別扱いされてきたという意識もないから、悪気もない。だが他人には傲慢《ごうまん》としか思えないその言葉に、職人風の男はいきり立った。

「どこのお大尽様《だいじんさま》か知らねえが、金を払えば何をしたってかまわねえとでも思っていやがるのか。これ見よがしに小判なんぞちらつかせやがって」

凄まれて、草太郎はいっそうきょとんと目を見張った。

「どこのって……うちは花房屋というのだけど」

これまた相手に訊ねられたと思って、律儀《りちぎ》に答えたのだろう。しかしこれでは、店の名を笠に着ているようにしか聞こえない。るいは思わず空を仰《あお》いだ。

(どうしてこう、面倒ばかり起こすのよ)

世間知らずとは思ったけれど、もしかするとこの若旦那、盛り場を歩くのに慣れていないんじゃなかろうか。普段から金にあかして遊び歩いているのなら、逆に揉《も》め事の避けようだって知っているはずだ。

両国界隈でも有名な大店の名を聞いて男は一瞬怯んだように見えたが、すぐさま居丈《いたけ》高《だか》に肩を怒らせると、太い腕を伸ばして草太郎の胸ぐらを摑んだ。

「花房屋だぁ？　だから何だってんだ。それでこちとらがへいこらと黙るとでも思ったか！」

まずいわとるいは思った。こんな時のためにいるはずの二人のお供は、どこにいるのか駆けつけてこない。おそらく、先ほどの簪の騒ぎで逃げだしたるいと草太郎を見失い、はぐれてしまったのだろう。

それならばとるいは忙《せわ》しく視線を動かして、周囲の野次馬たちの中に赤い振り袖姿を探したが、これまた見つからなかった。

(守り神ならなんとかしてよ！　このままじゃ若旦那さん、ぼこぼこにされちまうわよ!?)

ああもう、と頬を膨らませながら、るいは必死で考えた。とにかくこの場を何とかしなくちゃ。でもまさか、男二人の間に割って入るわけにもいかないし、そもそも草太郎に非があるのだから分が悪い。

(あ、そうだ)

閃《ひらめ》いた。うまくいくかどうか、迷っている暇はない。駄目なら男の脛《すね》に一発蹴りでも入れて、その隙に若旦那を連れて逃げだそう。

「すみません、違うんです!」

るいはぱんと手を叩くと、叫んだ。

男は驚いたようにるいを見た。野次馬たちもいっせいに彼女に目を向ける。ただ一人、草太郎だけが胸元を摑まれ前後に揺さぶられて、目を白黒させていた。

「これは、花房屋からのお礼のふるまいです。この小判の分だけ団子代は花房屋でもちますから、どうぞ皆さん、ご遠慮なく召し上がってください。ただし、お一人一串でお願いしますね」

るいはにっこり笑って、居並ぶ人々を見回した。こんな大勢相手にはったりをかますなんて、我ながら度胸があるわと思いながら。

ふるまいと聞いて、人々は顔を見合わせる。「花房屋が俺たちに団子をご馳走《ちそう》するってのか？」「一体、何の礼だ？」と口々に声が漏れるのを聞いて、るいはいっそう声を張った。

「お客様あっての花房屋、日頃ご贔屓《ひいき》をいただいていることへの、ささやかなお礼です。まだ店におこしいただいていない方も、この先どうぞ本所吉岡町の花房屋、花房屋をよろしくお願いいたします！」

ここぞとばかりに花房屋を連呼したるいに、なるほど店の宣伝かと、人々はうなずいた。たかが団子、されど団子である。ただで食わせるとは何か魂胆《こんたん》があるのかと首を捻ったものだが、そういう理由なら合点《がてん》がいく。――江戸っ子が一串四文ぽっちをケチったと思われちゃ我慢がならないが、せっかくのふるまいなら無下にはできねえな、というたところだ。

人々はぞろぞろと行列に戻り、野次馬たちの中にもそれにつづく者たちがあらわれた。すかさず、るいは団子屋の店主に声をかけた。

「親父さん、若旦那が出したお金で、配れるだけ団子を皆さんにふるまってくださいな」

職人風の男はるいと草太郎を交互に見やってから、草太郎を突き放した。

ふんと鼻を鳴らして、

「だったらなんで最初にそう言わねえんだ」

「すみません。肝心なところで、この人は口下手で」

「商人が口下手じゃ、どうしようもあんめえ」

男は肩をすくめると、ニヤリとして自分も行列に戻っていった。

（よかった。どうにかなったわ）

内心ヒヤヒヤしていたので、るいは大きく息を吐く。

ふと気づくと、呆気にとられたままの草太郎の背後、少し離れてようやく駆けつけてきたらしいお供の二人が、目を丸くしてこちらを見ていた。


「私はねえ、るいさんに団子を食べてもらおうと思ったんだよ。なのに、どうしてあんなことになっちまったんだろう」

「お心遣いはありがたいですけど、あんなの無茶苦茶ですからね。店の団子を全部だなんて」

河畔に並ぶ茶屋の一軒で、心付けをはずんで借りた床几にるいと草太郎は腰を下ろした。団子をそれぞれ一串ずつ、手に持っている。商売繁盛に気をよくした先ほどの団子屋の店主が、これは自分の奢《おご》りだと言って二人に手渡したものだ。

「あんなはったりでもかまさなきゃ、あの場はおさまりそうもなかったんだから、仕方ないじゃないですか。おかげでこっちは寿命が縮まりましたけどね」

恨めしく言って、るいは座ったまま足踏みした。先ほどのことを思い返すと、今でも膝が震えだしそうだ。

「あんなふうに他人に胸ぐらを摑まれたのは、私は初めてだよ」

驚いたねえと呟く草太郎にため息をついて、るいは団子を囓《かじ》った。

（あら、美味しい）

なるほど評判がいいだけのことはある。香ばしく、それでいてふっくらと焼かれた団子に甘辛いタレがたっぷりと塗られていて、るいは大喜びで頬張った。それを見た草太郎も、一口食べてちょっと目を瞠る。

空腹だったこともあって、二人ともたちまち団子をたいらげた。

「美味しかったけど、これだけじゃとても足りないね。――おおい、吉五郎、信助」

草太郎に呼ばれて、二人が「へい」と駆け寄ってきた。

「そのへんの屋台で何か買ってきておくれ。それとおまえたち、昼餉がまだだろう。ついでに何か食べておいでよ」

それなら自分らが戻るまで若旦那はここを動かないでくださいよと念を押されて、草太郎はうんうんとうなずいた。

「どうしてうちの奉公人は、私を子供扱いするんだろうね」

吉五郎と信助が目の前からいなくなると、草太郎はおっとりとぼやいた。

わからないでもないわと、るいは思う。あの二人も、やっていることは草太郎のお供というよりお守りみたいなものだ。

「それにしても、るいさんはすごいな。あの場であんなふうに機転をきかせて事をおさめちまうなんて。私にはとてもできないよ」

遅まきながら感心されて、るいは肩をすくめた。

「でもね、若旦那さん。説教なんてあたしの柄じゃありませんけど、さっきのは相手の男の人のほうが正しいですよ」

「草太郎だよ」

「はいはい、草太郎さん。――お金を払えば、何をしたってかまわないってわけじゃないんです。そりゃあ、世の中にはお金で動くことはたくさんありますけど。でもやっぱり、草太郎さんのしたことは間違いだし、だからみんな怒ったんです」

「だけどさ、団子がただで食べられるってことになったら、みんな喜んだじゃないか。やっぱりお金じゃないのかねえ」

「でもあの小判は、草太郎さんのものじゃないでしょ？」

え、と草太郎は驚いたように、るいを見た。

「花房屋の名前も、草太郎さんが財布の中に持っている金子《きんす》も、どっちも草太郎さんのお父っつぁん――花房屋の旦那さんのものです。草太郎さんが自分で稼いだ金じゃありませんから」

だが屋台の行列に並んでいた人々は、たとえそれが四文であろうと、自分たちが汗水垂らして稼いだ金で団子を食べに来ていたのだ。

そう聞いて、草太郎はしみじみと、そうかとうなずいた。

「あの人たちは、私よりも偉いんだねえ」

拍子抜けするくらい、素直である。

(誰が偉いとか偉くないとかって話でもないけど)

でも多分、この人はいろいろとわかっていないだけだから。誰かが一度はがつんと言ってやらなきゃとるいが思っていると、

「同じことを言うんだな。……やっぱり似ているよ」

草太郎はため息まじりに、ぼそりと呟いた。

「え？」と、今度はるいが聞き返す番だ。

しかし草太郎はゆるりと首を振ると、目の前の大川に視線を向けた。そうしてそれきり、お供の二人が屋台で買った食べ物を持って戻ってくるまで、口を結んで無言で川面《かわも》を見つめたままだった。

三

「るいさん、私は今日こうしておまえさんと会って、自分の見立てが間違っていなかったと確信したよ。また会ってくれるかい？」

その日の別れ際に、草太郎はにこやかに言った。ああそうだと、うなずいてつけ加え

る。

「次は忘れずに、簪を持ってくるからね」

やれやれこれでお守り役御免だわと内心でほっとしていたるいは、それを聞いておおいに慌てた。

昼飯の後また少し界隈をぶらついて、その間、この世間知らずの若旦那がまたぞろ揉め事を起こさないよう見張っていることにばかり頭がいっていたので、うっかりとこれが見合いだということを失念していたのだ。

（わあ、しまった）

「あの草太郎さん、最初に言いそびれていたんですけど、本当はあたし――」

このお見合いを断るつもりだったんですと口にしようとして。

おや、とるいは首をかしげた。

正面に立っている草太郎の視線が、何かに気づいたようにふっと動いたのだ。それはるいから逸《そ》れて、彼女の背後に向けられた。わずかにその表情が強張ったのを見て、るいは何だろうと振り返る。

二人がいるのは両国橋の東詰《ひがしづめ》、本所側の河畔だ。大川のこちらとあちらを繋ぐ長さ九十六間の橋の上を、人々がひっきりなしに行き交うさまが、遠目にもよく見えた。

草太郎の視線がとらえていたのは、その通行人たちに混じってこちらへ渡ってくる一人の女性の姿であった。

ほどなく橋の袂から二人のいる方角に足を向けた女性は、ふとこちらに目をやって、あ、という表情をした。

「草ちゃん！」

親しげな笑顔になって、足早に近づいてくる。

「どうしたの、こんなところで？」

草太郎は「ああ」だの「うん」だのと、へどもどと口ごもった。

「……おセツちゃんこそ。今日は手習い所は休みなのかい？」

「違うわよ。芳乃《よしの》先生のお使いで、神田《かんだ》まで行って戻ってきたところ。まさかこんなところで草ちゃんと会うなんて思わなかった」

傍らで目をぱちくりとさせていたるいだが、なるほどと胸の内でうなずいた。

(そっか。この人か)

この人が、小さな守り神様が言っていた「おセツ」か。

十九歳だという草太郎より、一つ二つ年上に見える。綺麗な人だが、何より印象的なのは生き生きとした大きな目だ。勝ち気で明るい人柄を思わせる。

そこでようやく気づいたように、おセツはるいを見て、あらと首をかしげた。

「るいさん、この人は私の幼なじみでおセツちゃんというのさ。おセツちゃんは、芳乃様というお武家の妻女が先生をなさっている手習い所で、一緒に子供らを教えているんだよ」

草太郎が言うには芳乃先生はけっこうな高齢のため、おセツが何年も前から手習い所で先生の手伝いをしているとのこと。

「教えるったって、読み書きは先生におまかせして、あたしはもっぱら悪ガキどもを怒鳴りつけてるばっかりだけど」

おセツがくすくす笑いながら、つけ加える。

「私もおセツちゃんも、子供の頃は芳乃先生に手習いを教わったんだ。そりゃもう、厳しい先生だったなあ」

「草ちゃんたら、いたずらをしちゃ芳乃先生に叱られてベソをかいていたっけね」

「私のいたずらなんてかわいいものだよ。一平《いっぺい》さんのに比べたら――」

草太郎はふと口ごもった。そうしてるいに目をやると、慌てて、

「こちらのるいさんとは、波田屋さんの縁で知り合ってね。私は一目でこの人が気に入ってしまったものだから、今日はこうして」

知り合ったというのは語弊があるが、ともあれ草太郎がまたも言葉をつっかえさせたのを見て、るいはこっそりため息をついた。

(本当にわかりやすいわね)

全部聞かなくても、おセツは察したらしい。そういうこと、と呟いて、口に手を当てた。

「ごめんなさい。あたしったら、知らずに軽々しく声をかけてしまって。――そりゃそうよね、草ちゃんは花房屋の跡取りなんだし、そろそろ身を固めて旦那さんたちを安心させないとね」

「よしておくれよ。お父っつぁんはまだまだ元気だし、私が店を継ぐのはずっと先の話だよ」

草太郎は顔をしかめたが、かまわずおセツはるいのほうに身を乗りだした。

「草ちゃんとあたしは家が近かったから、子供の頃はよく一緒に遊んでいたの。といっ

てもうちはお父っつぁんが職人で貧乏長屋住まいだから、今となっては花房屋の若旦那になんてそうそう声をかけられたもんじゃないんだけど。そこは幼なじみの気安さでついつい、ね」

「おセツちゃん、私はそんなことは」

「それに、一緒に遊んでいたっていってもこの人はあたしよりひとつ年下だから、弟みたいなものだったのよ。うちは下の兄弟が多くて、あたしが面倒をみなきゃならなかったから、それが一人増えたってだけ」

おセツはころころと笑った。

要するに、おかしな誤解を生まないように――草太郎の大事な見合いを壊してしまわないようにという気遣いから、自分と草太郎は色恋沙汰とはまったく無縁なつきあいだったと、せっせとるいに説明しているのだ。

しかし。

おセツちゃんと呻《うめ》いて、草太郎は肩を落とした。それを横目で見て、るいは肩をすくめる。

(これはちょっと、ううん、だいぶ気の毒というか)

守り神様に言われるまでもなく、草太郎がおセツに惚《ほ》れていることは、こうして見ているだけでわかる。それなのに弟扱いでは、ばっさりと切り捨てられるようなものだ。草太郎も立つ瀬がない。

「あ、それにね。……草ちゃん、あんたもちゃんとこの人に言いなさいよ。あたしには夫婦約束をした相手がもういるんだって」

「え、そうなんですか?」

思わず聞き返してから、るいはしまったと思った。

「ええ。あたしたちにはもう一人、一平さんという幼なじみがいるのだけど」

その人とねと、おセツはうっすら頰を染めた。

「一平さんとこの後、会うのかい?」

草太郎はぼそぼそと言った。おセツは彼にうなずいて、にっこりと笑う。

「この時刻なら子供らは帰っただろうし、今日はもう戻らなくてもいいって芳乃先生から言われているから。これから一平さんの長屋へ寄っていこうと思っているの」

「それじゃ、私のこともよろしく伝えておくれよ」

「そうするわ。草ちゃんのことを聞いたら、一平さんも喜ぶと思う」

おセツはふたたび、明るい目を真《ま》っ直《す》ぐにるいに向けた。

「草ちゃんは、よい子よ。それはあたしが請け合うから」とん、と気《き》っ風《ぷ》よく掌《てのひら》で自分の胸を叩いて見せる。「まあ、ちょっと頼りないところもあるけど、でも優しい子なの。——草ちゃんが気に入ったっていうのだから、間違いない。あなたとはきっといい夫婦になるわ。どうか草ちゃんを好いてあげてね」

確かに弟を気遣う姉のような、温かくて思いやりにあふれた声だった。嘘偽りなく、おセツはこの幼なじみを大切に思っているのだろう。

あくまでも、弟みたいな幼なじみを、だ。

「は、はあ」

曖昧《あいまい》にうなずきながら、なんだかもうすっかり、いたたまれない気分になってしまったるいである。

よくわかった。これは草太郎の片恋なのだ。そして、想いはおセツにはかけらも届いちゃいない。

「おセツちゃん、そろそろ行かないと、一平さんが待っているんじゃないのかい」

「あら、そうだわ。——それじゃ草ちゃん、またね」

るいに会釈すると、おセツは軽々とした足取りで立ち去った。

遠ざかるその後ろ姿を、草太郎はしょんぼりと肩を落として見送っている。それを横目に、どうしたらいいんだろうとるいはため息をついた。

(これじゃ、とても言いだせやしない)

見合いを断るつもりだった、なんて。今ここでそれを口にしたら、この人は踏んだり蹴ったりだ。そうしたら、まるであたしがとんだ人でなしみたいじゃないのと、るいもまたがっくりと肩を落としたのだった。


帰りは送っていくという草太郎の申し出を、まだ日は高いから大丈夫だと断って、るいは帰路についた。実のところ、この若旦那の足で北六間堀町《きたろっけんぼりまち》まで行って戻ることができるかどうか、怪しいものだ。多分、一人で帰ったほうが、よほど早い。

結局、これきりもう会わないとは言いだせずじまいだった。

(でもさっきの様子だとあの人、あたしのことは本気じゃなかったわね)

草太郎には想う相手がちゃんといて、だからるいを見初めたというのはきっと嘘だろう。それでどうして是非ともるいに会いたいなどと言ったのかは首を捻るところだが、あっちに本気がないとわかれば幾分は気も楽というものだ。

（次こそ、きっぱりと言わなきゃ）

今日みたいに、いろいろと邪魔が入る前に。次に会った時には、その場でお詫びして、今度こそきっぱりとこの話はなかったことにしてもらうのだ。まさか本当に若旦那が簪を持ってくるとは思わないけど……多分、持ってこないと思うけど……でももし簪を差しだされたら、それは絶対に受け取ってはならないものだ。――と、胸の中で決意をあらたにしつつ、竪川にかかる橋を渡りかけたところで、後ろから袖を引っぱられた。

るいは足を止めて振り向くと、

「もうあらわれないかと思ったわ」

傍らに立つ童女に向かって、軽く口を尖《とが》らせて見せた。

「団子屋でのことは、見ていたんでしょ？　若旦那さん、胸ぐらを摑まれて殴られるところだったんだから。少しくらい、こっちの手助けをしてくれたってよかったじゃないの」

ところが童女はるいの袖を摑んだまま、すまして言ったものだ。

「あれは殴られても仕方がなかろう。草太郎が悪い」

それはそうだけどと、るいは唇を引っ込めて首をかしげた。

「でも守り神って、そういう災難から人間を守るものじゃないの？」

「いつも守ってやったら、本人のためにならないからな」

見かけによらず、なかなか手厳しい守り神様だ。

「だったらあたし、よけいなことをしたかしら……」

そんなことはないと、童女は首を振った。あれはなかなか面白かったと口もとに両手を添えた幼い仕草で、くすくす笑う。

「もう。笑い事じゃないってば」

「さっきから思っていたのだが、おまえは口のききかたがなっておらぬぞ」

童女は真顔になると、胸を反らせた。

「吾《われ》は守り神なのだから、ちゃんと目上の者として扱え」

精一杯威張った口ぶりなので、るいはついつい笑顔になる。神様なら目上どころではないはずだが、どうしても可愛らしいと思ってしまう。

言うことをきかないと祟《たた》るというわけでもなかろうが、なんとなく子供の我儘《わがまま》を聞いてやるような気持ちで、るいはうなずいた。

「わかった……じゃなくて、わかりました。それで、あなたのことは何とお呼びすればいいですか？」

「なんと呼ぶかだと？」

「ええ。守り神様だとちょっと呼びづらいので。お名前はありますか」

童女は目を丸くした。それから右に左に首を捻る。何かを思いだそうとしているような仕草を見せた。

やがて、ハッとしたように目を輝かせた。

「おサヨだ」

「……おサヨ？」

神様らしからぬ名前だ。るいは首をかしげる。かまわず童女は意気揚々と、

「昔な、ずっと前にな、吾をそう呼んでいた者がいたんだ」

「昔？」

さらにるいが首を捻った時、橋の向こう側から薪《たきぎ》を担いだ物売りが足早にやって来るのが見えた。るいは口を閉ざすと、素知らぬ顔で橋の欄干に身を寄せた。ぼんやりと川面を眺めているふりをする。人ではないモノと会話をする時は、こういうふうにちゃ

んと気をつけないといけない。

（そうでないとあたし、橋の上で一人でぶつくさ言っているおかしな娘って思われちゃうもの）

さて、物売りをやり過ごしてから、るいはまた口を開こうとして。

とたん、くしゅんとくしゃみが出た。折しも橋の上を吹き抜けた風に、身をすくめる。陽射しは明るくとも、川面を駆った風は、まだまだ冷たかった。

「寒いのか？」

おサヨは下からるいをのぞき込んだ。

「ええと……はい、少し」

ふむとうなずくと、小さな守り神はるいに向かって腕を伸ばした。

「吾を背負え」

え、とるいが聞き返すと、おサヨは焦《じ》れったげに、

「草太郎が小さい時、お福がよくそうしていたぞ」

「お福？」

「草太郎の母親だ。母親は子供を背負うんだ」

「ああ、おんぶのこと」

るいはしゃがむと、おサヨに背中を向けた。おサヨはるいの首に腕を回して、ふうわりとおぶさった。まさにふうわり、だ。よいしょ、とるいは立ち上がったが、実際のところサヨの身体は空気のように軽かった。後ろに手をやって支える必要もない。

それに、急に背中からぽかぽかと身体が温かくなった。るいは目を丸くする。

「おサヨ様は、温かいですねえ」

そうだろうと、おサヨの得意げな声が耳もとでした。

「守り神だから、これくらいはできるんだ。おまえは草太郎のお守りをしたから、ご褒《ほう》美《び》だ」

なるほど、これは神力というものか。小さくてもやっぱり神様だとるいは感心する。

まるで上質の真綿にくるまれているようで、思わず首をすくめるような冷たい風もこれなら苦にならなかった。

るいはゆっくりと歩きだした。橋を渡り終えたところで、背中のおサヨに声をかけた。

「おサヨ様は、どうして花房屋の守り神様になったんですか？」

すると、躊躇《ためら》いもない答えが返った。

「佐一郎が吾を拾ったからだ」

「拾った？」

「そうだ。大きな椿の木の根もとだったぞ。佐一郎は吾を見つけて、拾って、泥を拭《ぬぐ》って可愛いと言ったんだ。だから吾は、佐一郎を守ってやることにしたんだ」

「はあ……」

木の根もとで神様を拾うことなんてあるのかしら、とるいは思う。

「だけど佐一郎は、働き者だが人が好くてうっかりしたやつでな。ずいぶんと苦労させられた。商いがうまくいくようにして、悪い人間をそばから追い払って、それから性根がよくてちゃきちゃきとよく働くお福と夫婦になれるようにしてやった。我がそんなふうに一生懸命に守ってやったらな、佐一郎が言ったんだ。——吾を拾ってからいいことばかりだ。店は繁盛しているし、家族はみな健やかだ。ありがたい、吾は守り神様に違いないと」

だから吾は花房屋の守り神なんだと、耳もとに聞こえる幼い声がくすぐったい。

（でも……それって最初は守り神じゃなかったってことじゃない？）

なんだかよくわからないなと、るいは思う。この小さな守り神様の正体は何だろう。

「佐一郎は吾を大切にしてくれる。お福と草太郎と、店の者たちもありがたいって、吾に手を合わせるんだ。だから吾はきっと皆を守らないといけないんだ」

背中から心地よい温もりが伝わってくる。これも、るいが寒くないようにと守ってくれているのだろうか。

「それでな、吾は時々思いだすんだ。ずっと前の昔に、吾に同じように手を合わせていた者がいたんだ」

昔。ずっと前。おサヨはまたそう言った。

「おサヨ様の名前を呼んでいた人ですか？」

そうだそうだと、おサヨがうなずく気配がする。

「その人のことも、守ってあげていたんですか？」

これにはちょっと沈黙があって。

「違う……と思う」

「え、違うんですか」

「だってその者が、吾に教えたのだもの。何度も、何度も、吾に手を合わせて言ったんだもの。――ごめんねって。助けてやれなくてごめんね。守ってやれなくてすまなかったねって。だから吾にはわかった。誰かを守ることができないのは、その誰かにすまないことで、とても悪いことなんだ」

川沿いの道を、おサヨを背負ってゆっくりと歩きながら、るいは黙り込んだ。よくわからない。わからないけど、でも。

(やっぱり、本当は神様じゃないと思う)

でも口にはださず、るいは微笑《ほほえ》んで「そうですね」とうなずいた。

「花房屋の皆さんは、おサヨ様の今の姿は見えているんですか?」

草太郎は見えていないようだったけどと思い返していると案の定、いいやと返事があった。

「みな、吾がこの姿でそばにいてもわからないんだ。これまで吾とこうして話をしたのは、おまえくらいだ」

「おまえじゃなくて、あたしの名前はるいですよ」

抗議してみせたら、ちょっとムキになったみたいに「知っている」とおサヨは言った。

「草太郎がそう呼んでいたからな。——るい」

「はい」

きっぱりお断りする前に、あの若旦那さんにちらっと訊《き》いてみようかしらと、るいは思った。花房屋の守り神のことを、もっと詳しく。花房屋の人々がいつも、何に手を合わせているのかを。次に会った時に。

(なんだかそっちのほうが、すごく気になってきちゃったわ)

冬吾が知れば、よけいなことに首を突っ込むなとまたぞろ叱られそうだが、このままではどうにもおさまりが悪い。ちなみに冬吾の言う「よけいなこと」というのは、九十九字屋の商いとは関係のない、つまり「金にならないこと」である。

「るい」

呼ばれて、るいは我に返った。

「はい、何ですか」

「草太郎は、悪いやつじゃないんだ。そりゃ、子供の頃からみんなに大事にされて甘やかされて育ったから、全然しゃっきりしてないし、腕っ節もからきしだし、おっとりしすぎて頼りないところもあるけれども」

「ほんとに、びっくりするくらい世間知らずですよね」

ちやほやされて育った苦労知らずの若旦那の典型みたいな人だわと、るいは思う。でも、悪いやつじゃないというのもうなずける。存外、素直で、一緒にいて嫌味なところはなかった。……まあ、おっとりが災いして、いろいろと面倒事は引き起こしてくれたが。

花房屋のご主人もお内儀も、もとは苦労人だろうに、自分たちと同じ苦労からひたすら我が子を遠ざけることばかりに執心したとみえる。

(あんなふうでお店の跡取りだなんて、大丈夫なのかしら)

それこそよけいな心配までしてしまった。

「だけど、草太郎は馬鹿じゃないぞ。あいつは、大事なことはちゃんとわかっているから」

何をですかと問い返せば、おサヨは囁《ささや》くように答えた。

「いくら金があったって、まわりの者が甘やかしてくれたって、世の中にはどんなに望んでも自分の手に入らないものがあるってことを、あいつはよく知っている。それは、とても大事なことだ。だから草太郎は、本気の我が儘で人を困らせたりはしないんだ」

ちょっと考えて、「ああ」とるいは胸の内でうなずいた。

確かに、どんなに望んでも、たとえ小判を山ほど積んだって、けして手に入らないものはある。

　例えば、人の心。

「……それは、おセツさんのことですか」

　ため息が返事だった。

「草太郎は子供の頃から、おセツが好きだったんだ。どうにかしてやりたいと吾も思ったが、駄目だった。相性はいいのに縁がないなんて、最悪だ」

　今日だってまさかおセツがあらわれるなんてと、おサヨは憮然《ぶぜん》とする。

「おセツとは、なんだかいつもそんな案配《あんばい》だ。とことん、巡り合わせが悪いんだ」

　言われてみれば本人の見合いの場に片恋の相手があらわれるというのは、偶然にしてもそうそうあることではないだろう。

（相性はいいのに縁がないって……弟みたいな幼なじみじゃ、そりゃねえ）

　なんとなく我が身に置きかえて、ため息をついてしまったるいである。

（あたしだって、冬吾様にしてみればただの奉公人だわ）

「おまえの家はこの近くか？」

　おサヨが訊ねた。気づけばいつの間にか六間堀沿いを歩いていて、そのまま真っ直ぐ行けば筧屋《かけいや》、手前に見える橋を渡れば九十九字屋への道となる。

「ええ。もう少し先へ行ったところの……」

指差しかけて、るいは迷った。店に寄ろうか。それとも真っ直ぐに筧屋に帰っちまおうか。今日は休みをもらっているから、九十九字屋に寄らなくたってかまわない。そう思うのに、結局るいが指で示したのは、堀の流れの向こう側だった。

(だってこんな時刻じゃ筧屋に戻ったって、やることがないし……それに、ナツさんにも今日のことを話したいもの。お父っつぁんだって、そろそろ壁のあるところで顔を出したいでしょうし……)

そこまで思って、るいはちょっと肩を下げた。

(……って、なんだってあたし、自分に言い訳をしているのよ)

どうかしているわと呟いた時、るいにしがみついていたおサヨの腕がするりと解《ほど》けた。とたんに、ひやひやとした風に首筋を撫でられて、るいは小さく身震いした。

「おサヨ様?」

傍らに立って、おサヨはるいを見上げた。

「あのな、草太郎はな、本当にるいを家まで送るつもりだったんだ。草太郎はそういうふうに、ちゃんと他人に優しいやつなんだ。だから吾が、代わりにるいをここまで送ってやった。もう大丈夫だから、吾は帰る」

それなら若旦那さんの申し出を断らなきゃよかったかしら、足が遅いなんて思って悪かったわと考えながら、るいはうなずいた。

「おサヨ様、ありがとうございました。……ええと、おかげで無事に帰ってくることができました」

やや大袈裟《おおげさ》だが、心をこめて言うと、おサヨは嬉しそうに胸を反らせた。

「吾は守り神だからな。るいのことも守ったぞ」

そうしてぴょんと跳ねると、踵を返した。赤い振り袖をひるがえしてぱたぱたと駆け去る小さな姿が、やがて空気に溶けるようにふうっと消えるまで、るいはその場に佇《たたず》んで見送った。

四

「おや、お帰り」

九十九字屋に顔を出すと、座敷の火鉢のそばで丸まっていた三毛猫が顔をあげて、るいを迎えた。

「それでどうだったんだい、花房屋の若旦那ってのはさ」

上がり口に腰をおろしたるいが口を開く前に、土間の壁から作蔵がにゅっと顔を突きだして、いかにも不機嫌にわめきたてた。

「どうもこうもあるかよ。なんでぇ、あのうらなり野郎は。へらへらと腑《ふ》抜《ぬ》けた面《つら》しやがって、ロクなもんじゃねえや。あんな壁の漆喰《しっくい》も満足に塗れそうにねえ奴は、俺ぁ認めねえからな。鏝《こて》を持たせたら、寸《すん》の間《ま》で重くて放りだしちまわ」

俺がそばにいりゃ首根っこを引っ摑んでどやしつけてやったものをよと、憤懣《ふんまん》やるかたない様子なのも無理はない。両国のもっとも賑わう橋の袂のあたりは、もともとだだっ広い火除け地であるから、並んでいるのは見せ物小屋に芝居小屋、茶店や屋台と、建物とは呼べぬものばかりである。そもそも壁がないから作蔵の出番はない。もっとも、出番があっても困るわけだが。

「あんたねえ、左官の弟子入りの話じゃないんだよ」

三毛猫は呆れたように言い、お父っつぁんたらとるいは口を尖らせた。

「そんな言い方したら若旦那さんが気の毒でしょ。それほど悪い人じゃなかったよ」

おや、とナツはヒゲをそよがせる。

「気に入ったのかい？」

「え？　あ、そういうことじゃなくて、あたしは──」

見合いの相手だというのはこの際関係なく、花房屋の若旦那は性格が悪いとか性根が曲がっているとか、お父っつぁんが腐すほど腑抜けではなかったとるいは言おうとしたのだが、またも作蔵の声にさえぎられた。

「あぁ？　あんな野郎のどこがいいってんだ⁉　ったくおめえは、男を見る目がてんでありゃしねえ。ちったぁお辰《たつ》を見習えってんだ」

「どうしてここでおっ母さんがでてくるのよ？」

「おめえと違って、お辰の目は確かだったからな」

「あ、もしかして、だからお父っつぁんと所帯を持ったってての？　……だったらあたしは、おっ母さん譲りで男を見る目がないんですよーだ」

「なんだと、おいこら！」

「いい加減におおし」

ナツがぴしりと割り込んだので、父娘はうっと口を噤《つぐ》んだ。瞬時に三毛猫は女の姿になって、火鉢に肘をつくと二人を交互に睨んだ。

「そ、そういえばナツさん、今日は冬吾様は？」

冬吾がいつまで経《た》っても顔を見せないのを怪訝《けげん》に思ってるいが訊ねると、案の定、散歩に出ているというナツの返答だ。

「またですか？」

毎日一体どこをふらふらしているのだろうと、るいは考え込む。

「……もしかして、次にここで雇う人を紹介してもらうために、口入屋に通っているとか」

いかにも深刻な顔でるいが言うものだから、ナツはぷっと噴きだした。

「あのぐうたらが、あんたの代わりの奉公人を毎日せっせと探してるってのかい？まさかね。だいたい、口入屋にどんな条件をだすのさ。あやかしや死人の姿が見える人間を紹介してくれってのかい」

「あ、そうでした」

その条件に見合う人間がまったくいないとは言わないが——げんにるいがそうだった

から——そう簡単に見つかるものではないだろう。わかっていたはずなのに、つい心配をしてしまった。

「それより、結局、見合いはどうなったのさ」

ナツに問われて、るいは話が中断したままだったことを思いだした。

「うーん。走り回ったりはったりをかましたり、忙しかったですね」

「なんだいそりゃ」

るいは両国での小間物売りと団子屋での一件をかいつまんで話した。聞き終えて、作蔵は「ほらみろ、ロクなもんじゃねえ」とぶつくさ言い、ナツは「育ちがよすぎるってのも考えものだね」と肩をすくめた。

「あんたもよく、つきあったものだね。あたしなら、そんな男にはさっさと見切りをつけて帰っちまうけど」

「それが、そういうわけにもいかなかったんです。——若旦那さんのお守りを申しつかってしまって」

「お守り？　誰に」

というわけで今度は、花房屋の小さな守り神様について説明することになった。

「へえ。赤い振り袖の小さな女の子の姿をした神様ねえ。だけど、そのおサヨって守り神が何だって、あんたに若旦那のお守りを頼んだりしたのさ」

「さあ？」

そこは自分でも不思議だったので、るいは首を振った。

「でも、ちょっと気になって」

「何が」

「おサヨ様は、本当に神様なのかなって」

ナツが眉を寄せたのを見て、もちろん悪いモノじゃないです、花房屋の人たちを守っているのも本当なんですと、るいは急いでつけ加えた。

「でもまあ、もしこれきりの縁だってのなら、放っておくことさ」

「う……」

「これきりじゃないのかい？」

るいが言葉に詰まったのを見て、ナツは目を細めた。

「……実は、若旦那さんからはまた会ってほしいと言われていて」

なんだとぉ、と作蔵が顔をくしゃくしゃにして唸った。

「あの野郎、いい度胸してるじゃねえか！　あんな腑抜けた面で、人の娘を誑《たぶら》かそうってのか――!?」

「馬鹿なことを言わないでよ、お父っつぁん。べつに誑かされてなんかいません」

「それで、おめえまさか、言いなりに奴と会うってんじゃねえだろうな！」

「会ったら悪い？」

会わなきゃきちんとお断りできないもの。と、るいが言いかけた時だった。

「――騒がしい。外にまで聞こえていたぞ」

冬吾が店に入ってきた。ようやく散歩から戻ったらしい。上がり口で腰を浮かしかけたるいをじろりと見て、

「今日は一日、休みをとったんじゃないのか」

「あ、はい。でも……」

「先方に気に入られたようで、何よりだ」

尖った口調で言われて、るいは思わず、言葉がつっかえてしまった口をぱくんと閉ざした。

（もしかして、外で話を聞いていたのかしら）

どこからだろう。今の言葉からして、若旦那さんにまた会うという部分は、確実に聞こえていたようだ。

(最悪だわ)

「あの、冬吾様──」

慌てるるいにはかまわず、冬吾は草履《ぞうり》を脱ぐと、座敷を突っ切ってさっさと階段へ向かった。途中で一度、大きく鼻を鳴らすと、「物好きもいたものだ」と呟いた。

「え……」

まただ。ぐっさりときた。

階段を上がっていく冬吾を見送って、るいはむうっとふくれっ面になった。

(何よ、それ)

嫌味にもほどがある。冬吾の辛辣《しんらつ》な口調にはたいがい慣れたつもりのるいだったが、さすがに今のはひどいと思う。

心のどこかで冷静に、ほら早く冬吾様に誤解だって言いなさいよと囁く声がする。けれどもむかっ腹を立てている子供じみた自分もいて、あらそうですかあたしなんてその程度のものってことねとそっぽを向いてしまっている。

思い返せば、「このお話はお断りします」というたった一言が、当の若旦那にも冬吾にもいっこうに伝えることができないというのは、まるでるいの舌におかしなまじないでもかかってしまったみたいだ。

そもそも自分が悪い、最初に意地を張って見合いをすると言ってしまったことが。わかっているのに、またも意地っ張りの虫が頭をもたげて、結局るいは冬吾が姿を消した階段に向かって思い切り「べーっ」と舌を突きだすと、筧屋に戻りますとナツに告げて店を走りでた。

「やれやれ」

残ったナツは火鉢の縁に頬杖をつくと、「どちらも馬鹿だね」と呟いた。

二階の冬吾の部屋の前では閉め出された作蔵が、

「おい、出てきやがれ店主！　てめえ、俺の娘に惚れた男が物好きたぁ、どういう意味でい!?　てめえと違ってなかなかどうしてあの若旦那は、みどころがあらぁ！　聞いてんのか、こら！」

と、なぜかさっきまで腐していた若旦那の肩を持って怒鳴っていた。

冬吾が部屋から出てきたのは、それから半刻ばかり後のことだった。作蔵は文句を言うのに飽きて自分の居場所である蔵の壁に引きあげており、座敷には三毛猫の姿に戻ったナツが座布団の上で丸くなっていた。

階段を下りる足音を聞きつけて、ナツはぴくりと耳を動かすと頭を上げた。不機嫌な顔で火鉢の前に座った冬吾を見て、アクビをひとつしてから座布団の上に座り直した。

「今日はまた、ずいぶんと長い散歩だったねえ。——もしや、両国あたりまで足を運んだんじゃないだろうね？」

からかう口ぶりに、冬吾は眉をしかめた。

「べつに、どこへ行こうとかまわんだろう」

「そりゃね。で、見合いの首尾は聞かなくてもいいのかい」

「波田屋がいい加減な人間を紹介してくるとは思わんからな」

「おや。そのわりに気にしているようじゃないか」

ナツはすまして、くるりと前肢で顔を撫でた。

何のことだと、冬吾は三毛猫を睨む。

「あたしが知らないとでも思ったのかい？　——このところあんたが店を放りだしてや

たらに出歩いているのは、吉岡町界隈まで足を運んで花房屋の息子の評判なりと聞いて回っていたからだろ。いつもならそんなことは、あたしに頼むくせにさ」

誤魔化しはなしだよとナツが素早くつけ加えたので、冬吾は小さく舌打ちした。

「雇い主としての責任を果たしたまでだ。波田屋を信用してはいるが、うちの奉公人に係わることだからな。一応、相手の人柄なりと確認しておくにこしたことはない」

素っ気なく言って湯呑みを手に取ると、火鉢においてあった鉄瓶から湯気のたつ白湯《さゆ》を注ぐ。

戸口の外はまだ明るい。冬に比べて日脚はずいぶんのびたが、それでも日暮れの気配がせまる今時分になると冷えが身体にまとわりつくようだ。冬吾は熱い白湯を一口飲むと、湯呑みを両手でくるみこんだ。

「へえ。それで、あんたの目から見て、花房屋の若旦那はどういう人間だい？」

「これと言って特に悪い評判はなかった。身持ちの悪い放蕩《ほうとう》息子というわけではないようだ」

だけど、とナツは言う。

「その若旦那には他に惚れた女がいるってことは、知らなかっただろ」

「女？」

冬吾は眉根を寄せた。

「調べたのか？」

「あたしなりに、この見合いについてはちょいと気になることがあったからさ。知ってのとおり、あたしの伝手《つて》のほうが、人間のご近所さまよりもよほど事情に詳しいからねえ」

ナツの言う伝手というのは、そのあたりの野良猫や、人ではないモノたちのことである。

「まあ女と言っても幼なじみさ。好いた男が他にいて、若旦那は相手にされていないようだから、まるきりの片恋だね。本人はひた隠しにしているから、まわりの人間は気づいちゃいない。女の名前は確か、おセツだったか」

「おセツだと？」

冬吾は顔をしかめた。

「草太郎に声をかけてきたあの女か……」

口にしてから、黙り込む。語るに落ちるとはこのことだ。冬吾にしては珍しいことだった。

ナツは呆《あき》れて、本当に両国へ行ったのかいと呟いた。そうして笑うように、ころころと喉を鳴らす。

「そりゃあ、見ものだね。物陰に隠れて、あんたがるいの見合いを覗き見ている様なんて」

「よけいなことだ」

苦々しく冬吾は唸ると、湯呑みを口に運んだ。

「あんたさ、いっそ、るいに見合いなんてさせなきゃよかったじゃないか。あんたがやめろと一言いえば、あの子はこの話は受けなかったと思うよ」

「私が口をだすことではないだろう。ましてや、なぜやめろと言う必要があるんだ」

「だってあんた、この見合い話が面白くないんだろ?」

ナツの言葉に一瞬、間をおいてから、冬吾は肩をそびやかせた。

「私が?　――そんなわけがない」

「あたしにゃ、波田屋がこの話を持ち込んでからこっち、あんたはずっと機嫌が悪いように見えるけどね」

まさかと冬吾は鼻で笑った。

「機嫌が悪いのは、作蔵だろう。毎度怒鳴られて、耳がどうにかなりそうだ」

「作蔵は親だからさ。どこの父親も、娘が可愛けりゃそれだけ相手の男が面憎いってね。──けど、あんたは何なんだい。身内でもないのに」

「だから雇い主だ。どこの店主も、自分の店の奉公人に対してはその身柄を引き受けた者として、きちんと面倒を見る責任がある。年頃なら嫁ぎ先を考えてやることだって、その責任のうちだ」

三毛猫は首を振ると、「波田屋も報われないね」と呟いた。

「何だって?」

「こっちのことさ。じゃあ、もしるいが花房屋に嫁いだとしても、あんたは文句はないんだね?」

さっきから何なんだと、冬吾はついにため息をついた。

「悪い話ではない。作蔵のことさえ隠し通すことができれば、あれだけ裕福な店のお内儀になれるんだ。るいももう、十七だ。縁談があってもおかしくはないし、このままこの店で働いていてもこれほどよい縁は二度とないだろうからな」

そう言ってから、冬吾はふと考え込むように眼鏡の奥の目を細めた。

「……まあ、不安がないわけではないが。何しろあの性格だ。大雑把だし、そのくせ頑固なところもあるし、とにかく騒がしい。すぐに情に振り回されるわ、裏表がなさすぎて腹芸のひとつもできんわ、考えるより先に走りだすし、肝が太いというか驚くほど図太いというか、前向きすぎて融通がきかんし、性根が明るいというよりあれは最早、能天気……」

数を数えるように指を折ってぼそぼそと言ってから、それで商家のお内儀としてやっていけるのかと存外、心配そうである。そんな店主を、ナツは呆れたようにつくづくと眺めた。

「まあ、るいについちゃ全部そのとおりだけどさ。あの子のことはそれだけよく見ているくせに、なんだって自分のことはわからないんだろうね」

「私が何をわかっていないと言うんだ」

「あんたはあやかしとはうまくやれるくせに、人とのつきあい方はそのへんで走り回っている洟《はな》ったれの子供よりもガキだってことさ。そういう人間のことを何ていうか知ってるかい？」

この唐変木《とうへんぼく》——とぴしりと言うと、ナツはくるんと座布団の上で丸まって、それきり目を閉じた。

五

「今日こそは、冬吾様にちゃんと言わなくちゃ」

草太郎と見合いをした翌々日のことだ。

店の表を箒《ほうき》で掃きながら、るいは大きくうなずいた。

昨日は一日、冬吾とはろくに言葉を交わしていない。るいがまだむかっ腹を立てていたせいもあるが、冬吾が自分の部屋からほとんど顔を出さなかったためでもある。しかし二日目になると、さすがにるいも反省した。何と言っても、冬吾は九十九字屋の主であって、るいは奉公人にすぎない。なのにいつまでも子供っぽくつんつんして雇い主に口をきかないなんて、分をわきまえないにもほどがある。

「あたしはまだ、どこにもお嫁にいく気はありません。このままここで奉公人として働かせてください。花房屋の若旦那さんには、次に会った時にきちんとお断りするつもりです。――これでよし、と」

言うべきことを何度も口の中で繰り返して、るいは手にしていた箒の柄をぐっと握りしめた。

その時だった。

「出かけてくる」

いきなり声をかけられて、るいは思わず飛び上がりそうになった。振り向くと、冬吾が店から出てきたところだ。

「今日もお出かけですか？　あの、お戻りは」

「わからん」

素っ気なく言いおいて、冬吾はそのまま歩き去った。堀端へと消えてゆく後ろ姿を見送って、るいは思わずため息をつく。今日こそはと心に決めていたぶん、前のめりのまつんのめった気分だ。

「毎日、よく出歩く場所があるわね」

くっくっと笑い声が頭上から聞こえたので見上げると、いつの間にやら三毛猫が軒の上で寝そべっていた。こういう時には首につけた鈴がちりとも音をたてないのが、不思議だ。

「冬吾の行く先なら見当がつかないでもないけどね」

「え、ナツさんは知っているんですか？」

「さて言おうか言うまいか」

「もう、気をもたせないでくださいよう」

軒から見下ろす金色の目が、思案するようにすっと細められた。

「……あんたは、知ってるのかい。花房屋の若旦那にゃ、あんたとはべつに惚れた女がいるってこと」

「ああ、おセツさんですね」

るいがあっけらかんと名前を口にすると、やっぱり知っていたんだねとナツは言う。

「おサヨさまが教えてくれたんです」

るいはあれっと首をかしげた。

「ナツさんこそ、どうしておセツさんのことを知っているんですか？」

「そりゃ、あたしは何だってお見通しだからねえ」

すまして応じてから、ナツはるいを見つめたまま寸の間、黙り込んだ。

そうしてから、

「冬吾は多分、そのおセツって女のことを調べに行ったんだろう」

おセツさんのこと、と繰り返して、るいはさらに首を捻った。

「どうして、冬吾様がそんなことを？」

「見合いの相手に他に惚れた女がいたんじゃや、今後面倒なことにならないともかぎらないだろ。そうなって嫌な思いをするのはあんただ。——ああ見えて、あんたのことを心配してるんだよ、冬吾は」

えっと、るいは目を瞠った。

「冬吾様が、あたしを？」

「こういうことをいちいちあたしの口から言うのは野暮だけどさ。言わなきゃあんたは、絶対に気がつかないだろうから。これまでの外出だって、大方はあんたの見合い絡みさ。冬吾は冬吾なりに、この見合いのことは気にかけているってことだよ」

「でも、あたしのことを行き遅れになるとか、相手が物好きだとか」

「ああまったく、あの物言いじゃや、あんたが腹を立てるのは無理もない。あいつは言っていいことと悪いことの区別がついちゃいないよ。——でもさ、あんたが腹立たしく感じたのは、本当にそこなのかい？」

「それは……」

るいは考えた。しばらく考えて、よくよく自分の胸の内をさぐってみて、思った。

違う、そうじゃない。あたしがぐっさりきたのは。

「冬吾様に、これは願ってもない話だって言われて……それで、あたし……」

「あんたがそろそろ縁談を望んでいて、誰かに嫁ぎたいって思っているのなら、そりゃ願ってもない話だろ。そうじゃないかい」

ナツはやんわりと言って、ヒゲをそよがせる。

軒から目を逸らせると、るいは冬吾が去った通りの方角を見た。

（そういえば……そういう人だったわね）

無愛想で、威張りん坊で、口を開けば嫌味や皮肉ばかりで。

優しさが、本当にわかりにくくて。

冬吾のそういうところを、自分は他の人間の誰よりもわかっていると思っていたのに。

とんだ自惚《うぬぼ》れだ。

（あたしって、本当に馬鹿だわ）

やっと気がつくなんて。

——あたしは、冬吾様に止めてほしかったんだ。見合いなんてしなくていいって、言ってほしかったんだ。

「どうせおさまるところにおさまるだろうから、口だしはすまいと思っていたけどね。どうやらこのままだと、話がおかしなふうにねじれちまいそうだったから。ちょいとお節介をしたよ」

るいは振り向くと、ふたたび軒の上を見上げた。

「ナツさん、あたし——」

言い止《さ》して、晴れ晴れと声を張った。

「あたし、このお見合い話を受けたことをずっと後悔してたんです。意地を張って馬鹿なことをしたって。若旦那さんにも、次に会ったらお断りしようって思っています」

三毛猫は目を細めて彼女を見ると、ゆるやかに尻尾を振った。

冬吾が戻ってきたら、今度こそ自分がどうしたいのかをはっきりと言う。何がなんでも冬吾に伝えようとるいは心に誓った。

しかし。

この後、話はるいが思いもしなかった方向へと、転がっていったのである。

冬吾が店に戻ってきたのは、昼餉の時間を過ぎてのことだった。

待ちかまえていたるいは「戻ったぞ」という冬吾の声を聞くや、手にしていた雑巾を放りだして、表の出入り口へと素っ飛んでいった。

「冬吾様、お話があります」

さあ今だと勢い込んで口を開いたら、

「こちらも話がある」

冬吾に言われて、るいはえっと思わず首をかしげてしまった。

「今さっきそこで、十七屋から文を渡された。波田屋からだ」

なるほどその手には、すでに目を通したらしき文が握られている。

冬吾は座敷にあがって腰を下ろすと、るいにも自分の前に座るようにと顎をしゃくって促した。

るいがそのとおりにすると、目の前に文が差し出された。

「読んでみろ」

「あたしが読んでいいんですか？」

わけがわからないまま、るいはおそるおそる文を受け取る。紙がくしゃっと皺《しわ》が寄っているのは、冬吾が遠慮なく握りしめていたからだろう。

何か腹が立つことでもしたためられていたのかしらと思いながら上目遣いに冬吾を見ると、さっさと読めとばかりに睨まれた。

仕方なく、るいは波田屋からだという文を読みはじめた。途中で仰天して文を手から落としそうになったが、どうにかこうにか最後まで読んだ。

「冬吾様、あのう……」

文から顔をあげると、いったんつっかえた言葉を、るいはやっと絞りだした。

「ここに、若旦那さんとあたしの祝言の日取りを決めたいって、書いてあるんですけど……」

「書いてあるな」

「ど、どういうことでしょう!?」

ちゃんと読んだのかと、冬吾の声は冷ややかだ。

「先日の見合いの顚末《てんまつ》を聞いて、花房屋の主人夫婦はおまえのことがいたく気に入ったようだと書いてある。器量よし人柄よし、何より機転をきかせて店の評判まであげてくれた。是非とも草太郎の嫁として花房屋に迎えたいと、主人の佐一郎がわざわざ波田屋のもとを訪れて、手放しの褒めちぎりようだったとな」

店の評判をあげたというからには、団子屋の一件か。あの日の顚末とやらを伝えたのは、おそらく一緒にいたお供の吉五郎と信助だろう。

うろたえたあまり、自分でも手にした文を力いっぱい握りしめそうになって、るいは慌ててそれをもう一度たたんで畳の上に置いた。

「でも若旦那さんは、あたしを見初めたってのは嘘で、本当は心に想う女性がいるんですよ」

冬吾がおやという表情を見せたので、急いでつけ加えた。

「おセツさんのことは、あたしも知っています」

「……だとしても、問題にはならん。こうして親が認めた相手なら、息子も逆らいはしないだろう。そもそも自分から言いだした話なのだからな。おまえが気にする必要はない」

(どうしよう)

まさか本当に祝言までまっしぐらになっちまうなんてと、るいは冷や汗をかきそうになった。当事者どうしの話のうちはまだ何とかなるが、ここに花房屋の主人夫婦が係わってきたとなると、るいのほうから断りを入れることはもう無理ということになってしまう。断ったりしたら、花房屋という店そのものの面目《めんぼく》を潰《つぶ》すことになるからだ。へたをすると話をとりもった波田屋にまで迷惑は及び、さらには甚兵衛を上客とする九十九字屋、いや冬吾にも——。

（それじゃ、あたしはこのまま花房屋の嫁になるしかないってこと……？）

こんなことなら悠長に草太郎からの次の誘いを待つのじゃなかった。見合いの翌日にでも、花房屋へ行って本人に直接断ってくればよかった……。

そう思ったとたん、るいの頭の片隅で何かがちかっと光った。何だろう。今、何か思いついたような。

「祝言のあれこれという話なら、私が先方に出向かぬわけにはいかんな」

いかにも気乗り薄に冬吾は言う。冬吾様がと、るいはぼんやりと繰り返した。

「まさか作蔵を花房屋と引きあわせるわけにはいくまい。おまえは一応、天涯孤独の身ということになっているのだから、身許保証人は雇い主の私しかいないということになる」

「あ、そうですね……」

でもそうしたら、お父っつぁんはさぞ悔しがるでしょうね。また盛大に拗ねるに違いないわとやっぱりぼんやりと思ってから、るいはハッとした。

ちかちかっと、また頭の中で閃いたものがあったのだ。

(そうだわ)

その手があった。

るいは跳ねるように立ち上がった。驚いて見上げた冬吾に向かって、

「あたし、今から花房屋さんへ行って、この話をお断りしてきます！」

正確にはお断りされてくる、だが。ともかく、力をこめてそう言い放つと、踵を返して土間へ駆け下りた。

「なんだと？　……おい、何を言っている」

面食らった冬吾が、腰を浮かせる。るいは下駄をつっかけると、敷居の手前で振り返った。

「冬吾様。あたしは、まだどこにも嫁ぐつもりはありません。ずっとこの店にいて、冬

吾様のお手伝いがしたいんです。だからこれからも、ここで働かせてください」

お願いしますと深々と頭を下げたるいを見て、冬吾はとっさに言葉を失ったように黙り込んだ。

「では行ってまいります！」

「あ、待て！　おい……!?」

引き留めようとした時には、るいはすでに店を飛びだしていた。それを呆気にとられて見送ってから、冬吾は我に返ったようにあたりを見回した。

「ナツ！　いるか？」

「あいよ」

返事とともに、三毛猫は土間の物陰から姿をあらわした。

「るいを追いかけろ。——何をやらかすつもりか、見てこい」

「見るだけかい。止めなくても？」

「その必要はない」

冬吾は深く息を吐くと、きっぱりと言った。

「あとのことは、私がすべて責任を持つ」

途中で何度か息を整えるために立ち止まりながら、るいは本所吉岡町を目指して走った。店の場所がわからなくても、通行人に訊ねれば誰もがああそれならと指をさして正しい方角を教えてくれた。

（さすが、有名なお店だけのことはあるわね）

花房屋の名前を染め抜いた暖簾《のれん》が見えると、るいは足を止めた。隣接する武家屋敷の外壁に身を寄せると、小声で呼びかけた。

「お父っつぁん」

作蔵はすっかり臍を曲げて、返事をしなかった。見合いからこっち、ずっとそんな案配で、るいの前に顔を出しもしない。それでも根気強く呼びつづけて何度目か、ようやく「なんでぇ」と壁の中からぼそぼそと声が返った。

「お父っつぁん、あたしね、今から花房屋さんに直接会って、若旦那さんとの話はなかったことにしてもらおうと思うの」

寸の間を置いて、「はぁぁ？」と頓狂《とんきよう》な声が返った。

「何を言っていやがる。俺はおめえが花房屋の若旦那のことが気に入って、一緒になるつもりだとばかり思っていたぜ」

案の定ふて腐れて、先ほどの冬吾とるいのやり取りも聞いてはいなかったようだ。

「誤解よ。お父っつぁんたら、あたしの話を全然聞こうとしなかったじゃない。あたしが若旦那さんにまた会うって言ったのは、本人にちゃんとお断りするつもりだったからよ」

るいはしゃっきりと顔をあげて花房屋の暖簾を睨みながら、言った。

「だからお願い。お父っつぁん、手を貸して。これからあたしが言うようにしてほしいの」

六

その日、花房屋は怪異に見舞われた。

一人の娘が店にやってきて、主人の佐一郎とお内儀のお福に会いたい、どうしてもお話ししなければならないことがあるのだ――と言った。

娘は店の跡取りの草太郎がたまたま見初めた相手で、花房屋としても嫁に迎える算段をしていた者であったから、まさか追い返すわけにもいかない。娘は奥に通されると今度は、誰もこの座敷に近寄らぬようお人払いを、などと奇妙なことを言いだした。

首を捻りながらも佐一郎はそのとおりにし、さて主人夫婦が顔を揃えると、娘は畳に手をついて頭をさげ、このたびは自分のようなふつつかな者をこのお店の嫁にと身に余るお話をいただきまして、まことにありがとうございますと礼を述べた。

——あたしのお父っつぁんが、旦那様とお内儀さんにぜひともお目にかかりたいと申しまして。

不躾《ぶしつけ》を承知で、訪ねてきたのだという。

それもまたおかしなことだ。娘は二親を子供の頃に亡くし、天涯孤独の身の上だと主人夫婦は聞いていた。

——わけあってお父っつぁんのことは、世間様には隠しております。

わけとは何かと佐一郎が問うと、娘はにこりとした。みじんも曇りのない笑顔で、言った。

——あたしのお父っつぁんは、人間じゃありません。

——妖怪なんです。

とたん、お福はひっと声にならぬ悲鳴をあげ、佐一郎はあんぐりと口を開けた。

娘の言葉と同時に、座敷の壁の一部が細波《さざなみ》に覆われたように揺れて、そこから男の頭がむくりと浮きでた。つづいて壁が盛り上がり、両腕が突きだされた。頭も腕も人間の肌の色ではない。壁と同じ色をしている。

男はぎょろりと目をむいて佐一郎とお福を見ると、野太い声で笑った。

――俺ぁこの娘の父親で、見てのとおりのあやかしでさ。このたびはうちの大事な娘をこちらの若旦那の嫁にと望んでいただいたそうで、こいつぁ何ともありがてぇ、めでてえ話だ。親としちゃ、旦那さんお内儀さんにじかにお目にかかって、一言挨拶するのが筋だろうと思いやしてね。

恐怖のあまり蒼白《そうはく》になって腰を抜かした主人夫婦に向かって、娘は平然とまた頭を下げた。

――この家に嫁として入るからには、身を粉《こ》にして店のために働き、旦那様お内儀さんにもしっかりと尽くすつもりです。どうぞこれから、お父っつぁんともどもよろしくお願いいたします。

魂が半分抜けかけたようになっていた佐一郎は、娘がいつ座敷を出ていったのかもよくわからなかった。ただ、壁から頭を突きだした妖怪が最後に言った言葉が耳にこびりついていた。

——そうそう、今日見たことは他言無用にお願いしますぜ。もしもよそでべらべらと口にしようものなら、ただじゃすまねえ。この花房屋がどうなるか……。

どうなるというのか、みなまで言わずに妖怪は、主人夫婦を睨みつけてにいっと笑った。そのいかつく怖ろしげな顔が脳裏をよぎって、佐一郎はお福とともにふたたびぞっと震え上がったのだった。

「悪いことをしちまったわ」

花房屋からの帰り道、るいはふうとため息をついた。

主人夫婦の魂消《たまげ》た顔を思いだすと、やっぱり良心がちくちくと疼いた。端《はな》からそのつもりだったとはいえ、何の罪もない人間を、死ぬほど怖がらせてしまったのだから。

と同時に、あれが普通の反応だと思った。お父っつぁんを見たら、誰もがきっとあんなふうに卒倒せんばかりに怖がるのだ。当たり前だ。

当たり前だと思うのに、なんだか少しだけ悲しかった。

(あたしったら。全部、自分でやらかしたことじゃないの)

「……なあ、るい」

傍らの壁から低く、作蔵の声がした。あたりの人通りが途切れるのを待って、呼びかけたらしい。

「おめえは本当に、これでよかったのか?」

「何のことよ」

「俺は、おめえがそうしたいってんなら、どこに嫁ぐのも仕方がねえって思ってたんだ。それでおめえが幸せになれるんだったらよ。むしろありがてえって、親としちゃ喜ばなきゃなんねえってな。そりゃ、あの若旦那のことじゃさんざ文句は言ったが、それでも本気で反対するつもりはなかったんだぜ」

「言ったはずよ、お父っつぁん。あたしは、若旦那さんと一緒になる気は毛頭ないって。花房屋さんも、これであたしを嫁になんて言わなくなるでしょうし」

何がなんでも先方から断りを入れてもらうためには、こんな手だてしか思いつかなかったのだ。

それでもと、珍しく作蔵の口調は真剣だった。

「今日みたいなこたぁ、俺はもうやりたかねえ」

るいは足を止めると、壁の表を見つめた。作蔵は顔をださずに声だけでつづけた。

「あの旦那もお内儀も人の好さそうな夫婦だったじゃねえか。悪人でもない人間から、おめえがあんな目で見られるなぁ、俺はたまんねえよ。……だからな、るい。もしこの先、俺のせいでおめえの幸せに障りがでるってんなら、俺ぁかまわねえ。もっぺん寺に閉じこめられようが、なんだったら冬吾に頼んで成仏する手だてを考えたってかまわねえんだ。今日のところはおめえが助けてほしいと頼むから手を貸したが、二度とあんなふうに、てめえの父親が化け物だなんて自分でさらけだすような真似はするんじゃねえぞ」

そんなこと、とるいは言いかけて俯いた。

なんだかんだ言っても、お父っつぁんはあたしのためにこの世に居残ってくれているんだ。あたしを一人ぼっちにしないために、あやかしになってまでそばにいてくれるんだ。

そりゃまあ、おかげでいろいろと苦労もさせられるけど。でもやっぱり、お父っつぁんはあたしのたった一人の大事なお父っつぁんだ。さっきみたいに他人様《ひとさま》から怖がられるのは、お父っつぁんだってきっと嫌だったろうに、それでもあたしのためにやってくれたんだ。

「うん、わかった。……ごめんなさい、お父っつぁん」

素直に謝って、るいは顔をあげた。

「だけど、言っておくけどあたしは、自分が幸せになるためにお父っつぁんがいなくればいいなんて、これっぽちも思っちゃいないわよ。だいたい、それじゃ寝覚めが悪いじゃないの」

そう、晴れやかに言った。

「あたし、お父っつぁんごとあたしを貰ってくれる人じゃなきゃ、たとえ公方様《くぼうさま》だってお断りだわ」

「……ば、馬鹿野郎。なんてことを言いやがる。そんなんじゃそれこそ、行き遅れになっちまうじゃねえか」

うろたえていつもの憎まれ口になった作蔵に小さく舌をだして見せると、るいはぐんと胸を張ってまた歩きだした。

その時だ。

「るいさん！　おーい、るいさーん！」

またも呼び止める声が聞こえて、るいは振り返る。遠くから両手を振り回しながら走ってくる草太郎の姿を見て、ぽかんとした。

「ああよかった、間に合ったよ」

走り寄ってきて、追いついたとたんに草太郎はへろへろと潰れたみたいに地面に四ん這《ば》いになった。疲れた、もう走れないよと、ぜいぜいと肩で息を吐きながらまず泣き言を言った。

「ど、どうしたんですか、若旦那さん!?」

「草太郎だよ。――ちょっと外に出ていて戻ったら、るいさんが来ていたって吉五郎が言うからさ。急いで追いかけてきたんだ」

「ええ、でもどうして」

「そりゃあ、るいさんと話をしたいと思っていたからだよ。また会いたいって言ったじゃないか。なのにうちのお父っつぁんとおっ母さんにだけ会って帰っちまうなんて、あんまりだ。どうして私が戻るまで、待っていてくれなかったんだい」

「はあ」

察するに、先ほどの主人夫婦とるいのやり取り……というか、作蔵のことは知らないようである。

「あのぅ、花房屋の旦那さんとお内儀さんは、あたしのことで何か言っていましたか？」

るいがおそるおそる訊ねると、

「うーん、それがねえ。二人して部屋に閉じこもっちまってね。今日は具合がよくないから店には出ないと言ってるって、奉公人たちが首を捻っていたよ。だからるいさんとどんな話をしたかは、私はまだ聞いていないんだよ」

どうしたんだろうね、揃って病でも背負い込んだんじゃなきゃいいんだがと、やはり首を捻りながら、草太郎はようやく立ち上がった。ぱたぱたと手をはたく。

「そうですか。……ええと」

そういえば、次に草太郎と会った時にはすっぱりと話を断ろうと思っていたのだが、今のるいは花房屋のほうから断りをいれてくるのを待つ身である。うっかりしたことは口にできない。

とりあえず話をあわせるしかないなと思っていると、草太郎は急に困ったような顔でるいを見た。

「ねえ、るいさん。もう波田屋さんから聞いているんだろ？　うちのお父っつぁんとおっ母さんときたら、るいさんをうちの嫁にするって俄然《がぜん》乗り気でね。もしかして今日、店に来たのはそのことじゃないかい」

「ええ、まあ」

やっぱりなあと、草太郎はため息をついた。

「驚いただろう？」

「はい」

「そのことなんだけどね。……その、つまり」

口ごもって、草太郎はあわあわと両腕を上げたり下げたりしている。よほど言いにくいことでもあるのかしらとるいが見つめていると、草太郎はそのまま拝むように両手をあわせて、意を決したように一気に言葉を絞りだした。

「申し訳ない、るいさん。私のほうからおまえさんに見合いを申し入れておいて、今さらだ。……私は、おまえさんと祝言をあげることはできない。るいさんを見初めたというのは、嘘だったんだ。……いや、おまえさんならと思ったのは、本当なんだよ。だけどやっぱり、駄目なんだ。私には、惚れた女がいる。そのことを黙ったままるいさんと一緒になったら、私はこの先もおまえさんに嘘をつきつづけなければいけない。そんなことはいけないし、私には耐えられないよ」

るいは目を瞠って、口を開きかけ——すぐに閉じた。

（……とっくに知ってましたけど）

ついでに、わざわざ打ち明けてくれなくても、おそらく今回の話はお流れになるだろうということは、目の前で平謝りを繰り返す草太郎にはなかなか言いだしづらいことであった。


ともかく落ち着いて話をしようということで、るいと草太郎は少し歩いたところにある堀端の茶屋に入った。

今日も風のないうららかな日だ。堀の水面《みなも》に、柔らかな春の陽射しが跳ねている。

茶屋女が盆を持って引き下がると、草太郎は張りつめたものを吐き出すように、ふうと大きな息をついた。

そうして床几に手をついて身を乗りだすと、るいに向かって頭を下げた。

「ごめんよ、るいさん。がっかりしただろう。怒っているだろう。私はひどい男だよ」

「いえ、あの……」

「でもこれだけは信じてほしいんだ。さっきも言ったけど、波田屋さんの店先でおまえさんを見かけた時、私はこの人ならと思ったんだ。だって、るいさんは」

顔をあげたものの、草太郎は肩を落とした。

「似ているって思ったんだよ」

どんなに望んでも、手に入らない人に。

「でもあたし、おセツさんにはそんなに似てないと思いますけど」

そんなにどころか、顔かたちはまったく似ていない。おサヨがはじめにそう断言したように。

るいが首をかしげつつ言った言葉に、草太郎はえっと絶句した。

「ど、どうしてそれを？」

「はい？」

「どうして知っているんだい？　私の想い人がおセツちゃんだってこと」

「ええと」

まさか守り神様に教えてもらったとは言えない。

「両国でおセツさんと話をしている時の草太郎さんを見ていて、気がついたんです。あ、草太郎さんはおセツさんのことが好きなんだなって」

「これでもまわりには隠してきたつもりだったのに、そんなに露骨だったかい」

草太郎は顔を赤くした。

「……でも、そうだったのか。あの時もう、るいさんにはすっかりわかっていたんだね。それはよけいに申し訳ないことをしたよ」

しょげたように小さな声を漏らして、草太郎は肩を落とす。

「自分でも、後から考えてどうして似てると思ったのか、不思議だったんだ。でも両国でるいさんと会った時に、間違いないと思った。るいさんは、やっぱりおセツちゃんと似ているよ。顔や姿じゃないんだ。物事に対する考え方や姿勢や、あとは悪いことは悪いってちゃんと言う真っ直ぐなところが」

そんなことないわ。胸の中で呟いて、るいは空を仰いだ。あたしは、波田屋さんのお話を受けた時からずっと、ぐねぐねと曲がりくねっていた。馬鹿なことをしたって、自分でも後悔しながら。

おセツさんが、草太郎さんが言うように真っ直ぐな人なら、きっとあたしみたいなことはしなかったはず。誰にも迷惑をかけない、嘘や芝居なんかしなくてもすむ正しい選択をしただろう。

るいの胸の内も知らずに、草太郎はつづける。

「私が団子屋で客の皆を怒らせた後に、るいさん、言っただろう。花房屋の名前も私が持っている財布の金子も、どっちも私のお父っつぁんのもので、私が稼いだ金じゃないって。――おセツちゃんも昔、同じことを言ったんだよ」

「おセツさんが？」

「うん。あれはまだ私らが手習い所に通っていた、ほんの子供の頃のことだったなあ。おセツちゃんがおっ母さんの言いつけで近所のおかず屋に煮豆を買いに行った帰りに、転んで全部地面にぶちまけちまったことがあったんだ。私はたまたまその場を通りかかってさ――」

おっ母さんに叱られると、おセツはたいそうしょげていたらしい。それを見た草太郎はすぐに一緒にいた奉公人に言って財布から小粒銀を出させると、おセツに差し出した。

「これをあげるからもう一度煮豆を買ってきなよ、お釣りはいらないからさって、おセツちゃんに言ったんだ。……今でもはっきりとおぼえているよ。私はねえ、その時自分がとてもよいことをしたと思ったんだよ」

　ところがおセツは金を受け取らなかった。それどころか、顔を真っ赤にして怒ったという。

「そりゃうちはあんたのところと違って貧乏だけど、だからって金を恵んでもらういわれはない。だいたいあんたが得意気にだしたその金はあんたのお父っつぁんが稼いだものので、あんたの金じゃないだろうって」

　喜ぶとばかり思ったのにそんなふうに言われて、はじめて草太郎は、自分のしたことが悪いことだったと気がついた。他人の矜持《きょうじ》を傷つけた、などという難しいことはまだわからなかったが、おセツに嫌われたと思うと泣きたくなった。

「でも、次の日に手習い所で謝ったら、おセツちゃんは笑って許してくれたよ。――だからあの団子屋のことでも、一緒にいたのがおセツちゃんならやっぱり同じことを言ったと思うんだ」

　かつて自分が草太郎に言ったのと同じ言葉。あの時るいが言ったのと、同じ言葉を。

　るいは軽く首をかしげた。

「あのう。二回も同じことを言われることのほうが、どうかと思いますけど」

「言わないでおくれよ。それは私だって、情けないと思ったんだから」

草太郎は肩をすぼめて苦笑したが、すぐに真顔になった。

「だけどやっぱり、ひどい話だよね。だって、おセツちゃんは駄目だけどるいさんなら、だなんて。それじゃまるで、おセツちゃんの代わりを立てるようなもんじゃないか。……私は、両国でるいさんと別れてからずっと考えていたんだ。何度も考えて、もう一度るいさんと会った時には本当のことを打ち明けよう、そうして謝ろうって決めたんだよ」

そう言ってまた頭を下げようとするのを、るいはとっさに押しとどめた。

「ああもう、謝らないでください。謝られると困ります。だって、あたしだってひどいんですから」

「え？」

「あたしも草太郎さんに謝らないといけないんです。——ごめんなさい！」

今度はるいが頭を下げたので、草太郎はきょとんとした。

「あたし、本当は端《はな》からお見合い話を受けるつもりはなかったんです。両国でも、草太郎さんにお断りを言うつもりだったんです。だけど、いろいろあって言えなくて」

これを明かしてしまったら、せっかく花房屋まで出向いて一芝居打ったことも全部台無しになる。わかっている。

だけど今言わないと、ちゃんと謝らないと、あたしはこの先、あたしに顔向けができなくなる。――と、るいは下を向いたまま腹に力をこめた。

（あたし、自分のことばっかりで、お見合い相手のことなんて何も考えちゃいなかったもの）

もしも草太郎が本気でるいのことを見初めて、本当に一緒になりたいと望んでくれていたら、るいは彼をこっぴどく傷つけることになっただろう。

花房屋の若旦那がどんな人かなんて、たいして気にもかけていなかった。もっと言えば相手が誰だって大差なかった。そんなの、草太郎に対してとても失礼だ。あたしのほうがずっとひどいことをしたかもしれないと、るいは思う。

「え、あの、そうだったのかい？　でも断るはずの話をどうして……」

草太郎は目をぱちくりとさせている。

「あたし、お見合いを止めてほしい人がいたんです。でもその人は、やめろとは言ってくれなくて、それで意地になってしまって」

「……もしかするとるいさん、その人に惚れているのかい？」

るいは草太郎をまじまじと見返した。寸の間そうしてから、床几に腰かけたまま「えええっ⁉」と仰け反った。

「惚れてるって、あたしが冬吾様に惚れてるって……え、あたし、冬吾様に惚れてるんですか？」

「いや、それを私に訊かないでおくれよ」

「あああ、そうですよね。すみません」

るいは自分の胸に手をあてた。驚いた。心の臓が飛び跳ねたかと思った。

(あたしが、冬吾様に……？)

あの威張りん坊で愛想なしで、横柄で口の悪い冬吾様に？

そういえば九十九字屋で奉公をはじめた頃は、たまに冬吾が見せる優しさに舞い上がったり、手が触れただけで真っ赤になったりしたものだが。あれは、惚れているというのとは少し違った気がする。

だけど今だって、冬吾の言葉に一喜一憂していることに変わりはなくて。

駄目だ。考えると、頭の中がぐるぐるぐるとしてくる。

「……るいさん、るいさん？」

草太郎の声に、ハッと我に返った。

大丈夫かいと訊かれて、自分が頭を抱えていることに気づいた。慌てて居住まいを正して「はい」とうなずくと、草太郎は笑いだした。

「ああ、やっぱりるいさんはるいさんなんだ。そういうところは、おセツちゃんとは違うなあ」

「どういう意味ですか」

「おセツちゃんは、一平さんに惚れたとなったらもう迷いはなかったからさ。相手が一平さんじゃ、私なぞ端から勝ち目はなかったけどね」

「そんなにいい男なんですか、一平さんて」

「うん。気っ風もいいし男前だし、子供の頃から皆の兄貴分て感じだったな。だけどどういうわけか、同じ幼なじみでもおセツちゃんとはケンカばかりしていたよ」

おセツちゃんは気が強いからと、草太郎はほろりと笑う。

「そのせいで隣町の悪ガキたちに目をつけられて、ある日、女のくせに生意気だっておセッちゃんがそいつらに囲まれたことがあってね。私も一緒にいたのだけど、遊んでいる時だったから大人は誰もそばにいなくてさ」

堀の水面に風がそよいだか、光の粒が波紋を描いた。それを眺めて草太郎は、眩《まぶ》しげに目を瞬《しばたた》かせた。

「私ときたらてんで意気地がなくて、おセッちゃんが突き飛ばされたのを見ても足が竦《すく》んじまって動けなかったんだよ。そしたらそこへ一平さんが走ってきて、すごい剣幕でそいつらに殴りかかった。相手は何人もいたのに取っ組み合いになって、でも一平さんはがんとして退《ひ》かなくて、しまいには皆して鼻血は出るわコブはつくるわ、目のまわりに青たんはできるわの大騒ぎさ。大人たちが止めに入ってやっと、おさまった。そうしたらおセッちゃんが――」

普段から泣き顔など見せないおセッが一平に駆け寄り、わっとばかりに泣きだしたものだから、草太郎は仰天したという。一平は殴られて腫《は》れた頬を気にしながら、困ったように「痛かねえよ」とか「泣くなよ」ともごもご言っていたが、そのうち泣いているおセッをじっと見つめて、「おめえに悪さするやつがいたら、俺が必ずぶっとばしてやるから」と言った。

その日から、おセツは一平とケンカをしなくなった。代わりに一緒にいるとそわそわと落ち着かなかったり、一平が声をかけると頰を赤らめるようになった。

それからすぐに一平は職人のもとに弟子入りし、最近になって親方のところから独立して戻ってきた時には、二人は当たり前のように夫婦約束をしていたのだ。

「仕方がないよね。おセツちゃんが怖い思いをしている時に、私は何もできずに震えているだけのとんだ意気地なしだったんだから」

「……仕方がないって思えるのなら、草太郎さんはとっくにおセツさんのことを諦めていたと思います」

とっさに声を強めてから、るいはしまったと思った。あたしったら、またよけいなことを言おうとしているわ。

だけど、この若旦那は存外、他人をよく見ている人だ。両国でも、小間物商の店先でるいが見ていただけの簪に気がついた。見た目の印象よりもずっと、細やかに目配りのできる人なのだろう。その上で、おセツが一平の前でそわそわしていたとか顔を赤らめたとか、それがわかったのは草太郎がずっとおセツを目で追っていたからではないのか。

両国の橋の近くでおセツと別れた時の草太郎の、しょんぼりとした姿が脳裏によみがえって、ままよとるいはうなずいた。

「草太郎さんは、一度でもおセツさんに自分の気持ちを言ったことがあるんですか？自分はおセツさんのことが好きなんだって」

まさかと、草太郎は驚いた顔をした。

「一度もないよ。だって、ふられるに決まってるじゃないか。おセツちゃんと一平さんはもう少ししたら祝言をあげるんだよ」

「もちろん、ふられますよ。……だけど草太郎さん、このままずっとおセツさんのことを諦められずに、でも自分は意気地なしだったからって言いつづけるんですか？それでおセツさんに似た人を見かけたらまた声をかけるんですか？この先ずうっとそうして片恋のままでいるつもりなら、そっちのほうが、よっぽど意気地がないですよ。いい加減、自分の気持ちにきっちり落とし前をつけちまったらどうなんです」

草太郎は言葉を失ったように、ぽかんと口を開けた。

「そ、そんなに簡単なことじゃないよ。私が打ち明けたりしたら、おセツちゃんは困るだろうし、一平さんだってどう思うか。……それに、あの日のことがなくてもあの二人がケンカばかりしていたのは、やっぱりお互いに気になっていたからだと思うんだ。端から私の出る幕なんてなかったよ。だって私は、おセツちゃんにとっては弟みたいなものでで」

草太郎はふと黙り込む。がっくりと肩を下げて、俯いた。

「……そうか。何も伝えなかったら、これからもずっと弟のままだよねえ。情けないねえ」

るいは手つかずのままですっかり冷め切ってしまった茶に手を伸ばすと、口に運んだ。

(偉そうなこと言ったけど、じゃあ、あたしはどうなのよって話よね)

惚れた腫れたもわからないくせに、他人の片恋に口だしできるような立場じゃないわよと、こっそりため息をつく。

あのさ、と草太郎は顔をあげた。

「もし私が気持ちを伝えたら、おセツちゃんは私を嫌ったりしないだろうか」

「嫌ったりしませんよ。申し訳ないとは思うでしょうけど」

るいはぐっと胸を張ってみせた。ここまできたら、言ったもの勝ちだ。

「どうしてそう言えるのさ」

「おセツさんに似ているあたしが言うんだから、間違いありません」

草太郎は目を瞠った。

そうして、かなわないなと笑った。

「ありがとう、るいさん」

結局どうするとも、草太郎は言わなかった。お天道様もだいぶ傾いて、空には夕暮れの兆しがあった。明るいうちに帰らなければと床几から腰をあげようとして、るいはふと思いついて訊ねた。

「そういえば、花房屋さんには守り神様がいるんですか？」

今日はおサヨの姿が見えない。どこかに隠れているのだろうか。

いるよと、草太郎はあっさりとうなずいた。

「と言っても、うちの者が勝手に守り神様って呼んでるだけなんだよ。……でも、どうして。誰かに聞いたのかい」

「ええと……あの、噂ですよ、噂。ほら、花房屋は今の旦那さんの代であんな大店になったわけでしょ。だから、守り神様でもついているんじゃないかって、他の人たちが言ってたから」

「うーん、いろんな噂があるのは知っているけどね。うちにあるのは、お父っつぁんが拾ってきた古い土人形だからねえ」

「土人形？」

　これくらいのと草太郎が示したところでは、片手の掌に載るほどの大きさだ。

「それ、どんな人形ですか」

「赤い振り袖姿の可愛い女の子さ。拾ったってことは、誰かが捨てたのかも知れないね。土を焼いて色をつけただけの、どこででも売っていそうな安い物だもの。これがうちの守り神様だよって見せたら、よその人たちはがっかりするんじゃないかな」

　草太郎が言うには、佐一郎がまだ振り売りをしている頃のことだ。ふと道端で見事な花を咲かせていた椿に目を奪われ、よく見ようと近寄ったら、根もとにその人形が半分ほども土に埋もれるようにして落ちていたらしい。なんとなく拾い上げて手拭いで土を落として、そのまま家に持ち帰ったという。

「その後から運の良いことが重なってね、お父っつぁんは今みたいに大きな店をかまえることができたそうだよ。お父っつぁんはあの人形のおかげだって信じているから、うちじゃ守り神様として座敷に祀《まつ》って、毎日皆で手を合わせるんだ」

「草太郎さんも、その人形は守り神様だと思いますか」

どうだろうと、草太郎は微笑んだ。

「うちみたいな小間物の商いは品物との縁がとても大切でね、あの人形もきっと何某《なにがし》かの縁があってうちに来たんだろうね。だから、本当に守り神様かどうかなんて、実際がところ私にはどうでもよいことのように思えるのさ。お父っつぁんやうちの者たちがずっと大事にしてきたのだもの、あの人形は私にとってもないがしろになんかできやしないうんと大事なものだよ」

「そうですか」

るいはうなずいた。――よかった、これからもずっとおサヨ様を大事にしてあげてくださいねと心の中で思う。

「それじゃ草太郎さん、あたし帰ります」

るいは立ち上がった。

「お店の若旦那さんはいろいろと大変でしょうけど、頑張ってください。お別れです」

うんとうなずいて、草太郎は先ほど水面を眺めていた時と同じように眩しそうな目でるいを見上げた。

「お父っつぁんとおっ母さんには私のほうから、きちんと話をするよ。祝言は取りやめてもらうようにね。るいさんにはもう迷惑はかけないから。……それと、おセツちゃんのことは私なりによく考えてみることにする」

何しろ片恋が長すぎたからねと言って、草太郎はるいに笑いかけた。

「だからるいさんも――」

「あ、はい！　考えます、あたしもよく！」

相手の言わんとすることを察して、るいは慌てて頭を下げると、草太郎と別れた。

七

「おまえは一体、何をやっているんだ!?」

急ぎに急いでどうにか日が暮れる前に九十九字屋に帰り着いたるいだったが、店の敷居を跨《また》いだとたん、座敷で待ちかまえていたらしい冬吾から不機嫌きわまりない声を投げつけられて首をすくめた。

やっぱり戻るのが遅かったかしらと土間に突っ立ったままで戸惑っていると、ここへ座れとばかりに冬吾は自分の目の前の畳に指を突きつけた。

るいは慌てて下駄を脱いで、彼の前に畏《かしこ》まった。おずおずと、

「あのう、冬吾様。ただ今戻りました」

「見ればわかる」

冬吾は両の袖に腕を差し入れて、ひどく渋い顔でるいを睨んだ。

「作蔵を使って、花房屋の主人夫婦を脅したそうだな」

「えっ」

どうしてそれをと言いかけて、るいはハッとした。ちょうどその時、ナツがすました顔で階段を下りてきたからだ。

「ひょっとして、ナツさんが……？」

「なんだい。あたしは日向《ひなた》ぼっこをしていただけだよ。花房屋の縁側でね」

ナツはそのまま土間の上がり口に腰をかけると、紅を塗った唇を光らせてニッと笑った。

やっぱり、とるいは肩を下げる。

「おまえのあとを追うようにナツに言ったのは、私だ。何をしでかすか知れたものじゃないと思っていたが、案の定だ」

すみませんと、るいは上目遣いに冬吾を見た。

「花房屋さんのほうから断っていただくには、こうするしかないと思ったんです」

「だからと言って、父親が妖怪だなどと自分から暴露するやつがあるか。もしこの話が世間に漏れて、噂にでもなったらどうする」

「──その心配はねえよ。俺がちゃんとあの夫婦に口止めしておいたから」

壁から声がして、作蔵がぬっと顔を出した。

「そのことについちゃ俺からも叱っておいたし、るいも反省したようだしな。店の評判を悪くするようなこたあねえと思うから、勘弁してやってくれや」

「万が一ということがある。言っておくが、おまえも悪いぞ。おかしな噂が立ったら、苦労するのはるいだ。父親なら、叱る前に止めろ」

冬吾にぴしゃりと言われて、作蔵はぐぅと唸った。

「だいたい、どうして先方からの断りが必要なんだ。嫌ならこちらから断ればよい」

だってと、るいは項垂れた。

「そんなの無理ですよ。あたしなんかが花房屋の若旦那さんとの縁組みを断ったりしたら、あちらのお店の面目は丸つぶれですし、話を持ってきてくださった波田屋さんだって面白くないでしょうし、それに」

「何だ」

「……冬吾様にまで、ご迷惑がかかるんじゃないかと思って」

とたん、冬吾はふんと盛大に鼻を鳴らした。

「迷惑などかからん。小間物屋の面目が潰れようが、波田屋が腹を立てようが、こっちの知ったことか」

それでも波田屋には自分から断りの詫びを入れておくと冬吾が言うので、るいはえっと目をむいた。

「でも」

「花房屋からの返事を待つ必要はない。今回のことは双方が断ったということで、痛み分けだ。たとえ相手が大店だろうが、こちら側が格下だと思われるのは我慢ならんからな」

「だったら、あたしも一緒に行って波田屋さんにお詫びします」

冬吾はじろりとるいを睨んだ。

「こういう話は、雇い主で一応おまえの保証人でもある私が行くのが筋だ。たった一人の奉公人にやめられては店が困るから、私が反対したということにしておく。おまえはよけいなことまで顔に出るから、一緒にいられてもややこしくなるだけだ。波田屋へは私一人でいく」

　るいはぽかんとして冬吾を見つめた。

「でもそれじゃ、あたしが断るんじゃなくて、冬吾様が悪いことになってしまいます」

「何が悪い。本当のことだ」

　本当のことと繰り返して、るいは目を瞬かせた。

「あの、あたしがいなくなったら困るんですか？　本当に？」

「これまでも奉公人を雇い入れたことはあるが、皆すぐにやめていった。これだけつづいているのは、おまえくらいのものだ」

　別の奉公人を雇うのは面倒なのでなと素っ気なく言ってから、冬吾は黙り込んだ。目を輝かせたるいが、彼に向かって身を乗りだし、満面の笑顔になったからだ。

「本当ですね？　あたしがいなかったら冬吾様は困るんですねっ？」

　即座に皮肉でも飛びだすかと思いきや、冬吾は目の前の娘の顔から目を逸らせると、寸の間を置いてから、言った。

「この店にいたければ、好きなだけいろ。作蔵ごとここに置いてやる。私のほうから出ていけとは言わん」

「――ありがとうございます！」

弾《はず》む声で、るいは大きくうなずいた。

「います！　あたし、ずっとここにいます。これからも九十九字屋で働いて、雑用も店番も冬吾様のお手伝いも頑張ります！」

ああ、だか、うう、だかわからない返事を漏らしてから、冬吾は立ち上がった。

「さすがに日が暮れてからでは、波田屋に会うわけにはいかん。明日、行ってくる」

部屋に戻るらしく、そそくさと踵を返した冬吾を、るいはきょとんとして見た。

「冬吾様？」

「今日はもう店を閉めていいぞ」

言い置いて階段をあがっていった冬吾を見送っていると、ナツがくっくっと喉を鳴らすように笑うのが聞こえた。

「へえ、珍しく慌てたとみえる」

「冬吾様が？　どうしてですか？」

振り返ってるいが首をかしげると、ナツは上がり口に座ったまま笑い含みの声でつづけた。

「ところでさ。あんたも本当のところはどうなのさ。――冬吾に惚れてるのかい？」

どうやら草太郎との会話まで聞かれていたらしいと気づいたとたん、るいは行灯《あんどん》の明かりでもそうとわかるほど、真っ赤になった。


次の日。

波田屋に出向いた冬吾が戻ったのは夜、とうに店の戸を閉めた後のことだった。

「ずいぶんと遅かったね。るいが心配していたよ」

勝手口から中に入った冬吾を迎えたのは、徳利《とっくり》を手にしたナツだった。土間の柱に軽くもたれかかるようにして、盃《さかずき》の中身を舐《な》めている。酒の匂いはしないから、徳利に入っているのは好物の油だろう。

「話はついたのかい？」

「ああ。ともかくこの話はなかったことになった。――明日おまえから、花房屋との縁はすっぱり切れたとるいに伝えてやれ」

「よかったじゃないか。で、やれやれとばかりにどこかで酒をひっかけていて、こんなに戻りが遅かったたってわけだ」

行灯の薄暗い火明かりに、ナツの目が猫の時のようにキラリと光った。どこか面白がっているような目つきだ。

「なのになんだって、そんなに渋い顔をしているのさ。波田屋に何か言われたかねえ」

冬吾は肩をそびやかせると、座敷にあがった。火鉢の傍らに乱暴に腰を下ろすと、苦り切って言った。

「どうやらあの数寄者《すきもの》にからかわれたらしい」

「波田屋にかい？」

「端から私が断ってくると思っていただと。――まったく、ふざけたことを」

「おや。波田屋はふざけたわけじゃないだろう。些《いささ》か、茶目っ気が過ぎるとは思ったけれど」

ナツは油の入った徳利を棚に戻すと、自分も火鉢のそばに寄って座った。

「つきあいが古いなりに、あんたのことを案じただけさ」

冬吾は眉根を寄せると、ナツを凝視した。

「知っていたのか？」

「波田屋は猫を飼っていてね、それがまたたいそうな猫っかわいがりで、しょっちゅう膝に乗せて細々《こまごま》と話しかけているそうだ」

ただし家族以外には懐いていないから、あんたは見かけたことはないだろうけどねとナツは、しれっと言う。

「その猫から聞いたところによれば、波田屋は鎌をかけたってことだろう」

「わかっていたなら、なぜ言わなかった？」

「そりゃ野暮ってものだもの。思惑どおりにあんたが花房屋との話に断りを入れてきたから、波田屋は喜んでいたんじゃないのかい？」

そのとおりであったので、冬吾はいっそう苦い顔になった。

――ええ、私はね、あなたは最初からこの話には反対なさるだろうと思っておりましたよ。

花房屋との祝言の話はなかったことにと冬吾が申し入れた時、波田屋甚兵衛はいつもの好々爺然とした顔で、ふくふくと笑って言ったものだ。

――前にも言いましたけど冬吾さん、私はあなたを子供の頃から知っている。ですからね、少うし気を揉んでいたのですよ。あなたときたら如才なく他人とつきあっているように見せてその実、人との係わりを避けていらっしゃった。他人に関心がないと言うか、隔たりをおいていると言いますか。

――好きでやっていること？　ああ、もちろんそうでしょうとも。そのままずっと他人を寄せつけずにいらっしゃるつもりかと案じたのは、私の勝手なお節介、まあ老婆心というやつです。

――ですからね、私は嬉しかったんですよ。るいさんが九十九字屋で奉公するようになってから、あなたはいろいろと変わりました。なんというかこう、感じが柔らかになったと言うのでしょうかね。他人にも目を向けるようになったように思えます。おや、お気づきではありませんでしたか。周音《あまね》さんとの兄弟仲も以前よりはまともになって、疎遠になっていたご実家にも足を向けられたのでしょう？　周音さんのことは言うな？　まあまあ、それは。

――それで私は思ったのですよ。これはもしや、と。

「もしや、何なんだい？」

ナツは相変わらず面白げな目を光らせている。知らん、と冬吾は顔をしかめた。どういう意味かと聞き返しても、甚兵衛ははぐらかすように「るいさんが九十九字屋に来てくれて、本当にようございました」と言ったきりだった。

——ですから、草太郎さんからるいさんに会いたいというお話があった時に、この機会にひとつ、あなたに鎌をかけてみようかと思いつきましてね。私の見当違いだとしても、るいさんにとってけして悪い話じゃああリませんから。それでもまあ、あなたがるいさんを花房屋に嫁にだす気はないだろうとふんでのことでした。

「さっぱり意味がわからん。私に鎌をかけたとは何だ？」

「それがわかるくらいなら、あんたが波田屋にいっぱい食わされることもなかったってことさ」

ナツはやれやれとため息をつく。冬吾は彼女を睨みつつ、

「そもそもこちらが断ると思っていたのなら、波田屋はなぜわざわざ仲人なぞ引き受けたんだ」

花房屋に対しても失礼な話だろう。冬吾がそう言うと、甚兵衛はいえいえと首を振った。

——私には草太郎さんが、本気でるいさんに惚れているように見えなかったんですよ。

私はあの人の誠実さが気に入っていましてね。自分に嘘をつけない人は、他人にも嘘はつかない。商売人としての狡さには欠けているかもしれませんが、なに、父親の佐一郎さんからして真っ正直なままお店をあそこまでにしたのだから、困ることではないでしょうよ。

——そういうわけで私は、草太郎さんの申し出にのっても差し支えない、大丈夫だと思いました。もっとも佐一郎さんとお福さんがこれほど早く祝言の話を持ち出してくるとは、さすがに私も予想外でしたけどねえ。

ところがその花房屋は、今朝方のうちに主人の佐一郎がみずから波田屋にやって来て、祝言の取り止めを申し出たという。理由を問うても佐一郎は首を振るばかり、終始青い顔をしたまま、恐縮して甚兵衛に詫びを繰り返し、帰っていったとのことだ。

——こうしてあなたもお断りになったわけですし、これでこの話は消えてなくなりました。

なんだか煙に巻かれたようで、冬吾は些か腹立たしかった。つまりは甚兵衛の、何のつもりかわからない思惑に振り回されたということだ。もしこれで、何事もなく草太郎との祝言まで話が進んでいたら、どうするつもりだったのか。もしこのまま嫁ぐことになっていたら……るいの気持ちは置き去りになったではないか。

——でも、そうはならなかったじゃないですか。

波田屋甚兵衛は、そこで初めて笑みを消すと、年配者らしい深みのある声できっぱりと冬吾に言った。

——仮にもしるいさんが嫁ぐことになっていたら、置き去りになるのはあなたの気持ちのほうでしたよ。ねえ冬吾さん、あなたもう少し、ご自分に素直になるべきです。

「へえ、それで酒を呑みながら我が身を振り返って、反省でもしていたのかい」

「道楽につきあわされて、腹に据えかねただけだ」

ナツの言葉に、冬吾はむっとした表情になった。そんな拗ねた子供のような顔を見せるのは久しぶりだとナツは思う。なるほど、波田屋は正しい。最後に冬吾のこんな表情を見たのはずいぶん前、まだ先代の九十九字屋店主であったキヨが生きていた頃だ。

「あんたさ、るいがこの店にずっといたいって言った時、ホッとしたんだろ？」

「それは」

「たった一人の奉公人にやめられたら困るってんだろ。その言い分でもかまわないさ。それだってあんたにとってるいが大事だってことに、かわりはないもの」

波田屋が言いたかったのはそういうことだよと、ナツは目を細めた。

座敷にしばし、沈黙が訪れた。火鉢の上の鉄瓶が柔らかく湯気を噴きあげている。

やがて。

冬吾は深くため息をつくと、呟いた。

「そろいもそろって、お節介なことだ」

そりゃあねと、ナツは微笑する。

「波田屋みたいな年寄りと、あたしらみたいなあやかしの目から見りゃ、あんたなんてただの手のかかる子供みたいなものさ」

——るいさんがそばにいることが肝要だよ。冬吾さんにとってはね。

——問題はあのお人が、そのことにからきし気づいていないってことさ。さて、どうしたものかねえ。

前々から波田屋甚兵衛が、飼い猫を膝に乗せてそう話しかけていたことを、冬吾に言おうか言うまいか。いや、言う必要はもうないかと、ナツは思う。

「まあ、手がかかるのはあんただけじゃないけどね」

自分の気持ちにまごついているのは、冬吾ばかりではない。この店主にしてあの奉公人ありだ。先が思いやられるよと、ナツはこっそりと苦笑した。

八

翌日からはまるで何事もなかったように、九十九字屋にいつもと変わらぬ日々が戻った。

一度、作蔵が苦虫を嚙《か》み潰したような顔で「こないだナツが言ってたのは、ありゃ、どういう意味だ？　まさかおめえ、本当にあの店主に惚れてるなんてこたぁ」あるのかないのかと蒸し返してきたものだから、とっさにるいがその時手にしていた柄杓《ひしゃく》で壁を殴りつけたら柄《え》がぽっきり折れてしまった……ということがあったくらいなものだ。

花房屋の守り神がるいの前に姿を見せたのは、それから半月ほどが経った如月《きさらぎ》も半ばのことであった。

「るい、るい」

眠っていたるいは、耳もとでしきりに名前を呼ぶ声に目をさました。目をこすりながら身体を起こすと、枕もとにちんまりとおサヨが座っていた。まだ夜中らしくあたりは真っ暗だが、童女の姿は振り袖の赤い色までくっきりとよく見える。神様だと言っているんだからべつに不思議でもないわねと、半分寝ぼけた頭でるいは思った。

「久しぶりですね、おサヨ様。何かご用ですか」

アクビを噛み殺しながらるいが言うと、おサヨはくるりと三畳の狭い部屋を見回した。

「あのおかしなるいの父っつぁまは、今日はいないのか?」

「ここにはいませんよ」

るいは何度も頭を振って、目を瞬かせて、ようやく眠気を追い払った。そういえば、ずっと気にかかっていたことがあったのだ。

筧屋の者たちは皆寝静まっているから、るいは部屋の外に聞こえないよう用心してうんと声を低めた。

「花房屋の皆さんはお元気ですか。えっと、旦那さんご夫婦はあの後、どうしてます?」

くだんの件でこっぴどく怖がらせてしまったから、そのまま寝ついたりはしていないだろうか。

しかしおサヨはにっこりとして、二人とも元気だと言った。

「佐一郎とお福には毎晩、吾《われ》が良い夢を見せてやったからな」

「夢？　どんな」

「化け物が襲ってきても、吾が美しい天女に化身してそいつらを追い払う夢だ。吾がいるから化け物も悪鬼もおそれをなして家には一歩も入れない。それを見て佐一郎もお福も安心するんだ」

あらまあと、るいは微笑する。

「そうしたら、朝起きたら二人とも本当に安心して、すぐに元気になって、今までよりもっと熱心に吾に手を合わせるようになったぞ」

自分がいるから大丈夫だぞ、おまえたちを守ってやっているぞと、夢を介して伝えたかったのだろう。

それならよかったと、るいも安堵した。

「だけどどうして、天女なんですか。おサヨ様がそのまま夢の中に姿をあらわせばいいのに」

だって吾はこんなに小さいからと、おサヨはちょっと頬をふくらませた。

「もうちょっと威厳のある姿のほうがありがたみがあるだろう？」

「そんなことないですよ。おサヨ様は立派な守り神様です」

るいが言うと、おサヨはくすぐったげに「うん」とうなずいた。そのお雛様のような顔をじっと見つめて、

――あんたの言うとおりさ。あれは神様なんかじゃないよ。死者の魂が憑いたものでもない。

――本当に、ただの土人形だった。

ナツの言葉を、るいは思いだす。

あとで聞いたのだが、るいを追いかけて花房屋へ行った折、もののついでとナツは奥の座敷に祀られている人形をのぞいて見たらしい。

――付喪神《つくもがみ》になるほど年経てもいなかった。でも、誰かがとても大切にしていたのだろうね。

――強い想いが残っている。それが、あの人形に命を与えたんだ。

誰か。安物の土人形をサヨと呼んでいた、誰かが。

「そうだ。草太郎が、おセツに言ったぞ。おセツのことが好きだって、ちゃんと言った。

それでおセツはごめんねって言って、草太郎は夜具をかぶって蓑虫《みのむし》みたいになって一晩中泣いていた」

　るいは我に返ると、やっぱりとため息をついた。

「でも次の日には元気になった」

「違う。草太郎さんにも良い夢を見せてあげたんですか？」

「草太郎は自分で元気になった。だから大丈夫だ」

　そうですかと、るいはうなずく。ならば草太郎は、前を向く決心をしたのだ。よかった。

　ところでもうひとつ、訊きたいことがあった。

「あの、おサヨ様は両国でどうしてあたしに声をかけてきたんですか？　草太郎さんのお守りをしろ、なんて」

「だって、草太郎は今まで、おセツの他に女に会いたいなんて言ったことがなかったんだ」

　サヨは小首をかしげてから、言った。

「だから、るいはどんな女だろうって思っていた。それでもし、るいが悪いやつだったら、追っ払うつもりだった」

「あたしが？」

「うん。草太郎には時々、悪い人間が寄ってくるんだ。草太郎がしゃっきりしてなくて頼りないから、騙そうとするんだ。騙して金をとろうとする。悪いやつは女も男もいる。吾はそんな人間を追っ払って、草太郎を守ってやらないといけない。でもるいのことは気に入ったから、草太郎のお守りをさせてやった」

「はあ」

大真面目《おおまじめ》に言われて、るいは曖昧にうなずいた。どうやらお守りはおサヨにしてみればご褒美だったらしい。

とんだ褒美だが、おサヨにとってはそれだけ草太郎が大事だということだろう。

「あのな、吾はちょっとだけ思ったんだ。ちょっとだけだぞ。……るいが花房屋に、お嫁に来ればいいなって」

「え……」

「だってるいは吾が見えるだろ。こうして話もできる。全然悪い人間じゃないから、一緒にいられたらいいって思った。そしたら吾は、るいのことも守ってやれるから」

思わず、本当に思わずるいは手を伸ばして、気づいたらおサヨの髪に触れて優しく頭を撫でていた。

（怒られるかしら）

自分を神様だと思っている相手に失礼かしらと思ったが、おサヨはびっくりしたようにるいを見て、でも大人しくされるがままだった。だからるいも、しばらくその小さな頭をくるくると撫でつづけた。

「……思いだした」

やがて、ぽつりとおサヨは言った。

「ずっと昔、女がいたんだ。その女が、吾をおサヨと呼んでいたんだ。それで、こんなふうにあったかい手で吾を撫でたんだ」

「そうですか」

るいはそっと手をひくと、うなずいた。

多分、と思う。――もしかしたら、と。

るいは想像する。

おサヨの言う昔。病か事故かわからないが、幼い娘を亡くした母親がいた。母親はある日たまたま、娘と面差《おもざ》しの似た人形をどこかで見つけたのかもしれない。それとも安物の土人形を娘を偲《しの》ぶよすがに買い求めるのが精一杯の、貧しい家であったのかもしれない。
母親は日々、娘を想って人形に手を合わせ、詫びた。
——ごめんね。助けてやれなくてごめんね。守ってやれなくてすまなかったね。
——おサヨ。
優しい声で娘の名を呼び、温かい手で人形を撫でながら。
時に人の想いや、願いや祈りによって、器物に命が吹き込まれることがある。るいも
これまでに、そういうモノたちを幾つも見てきた。
花房屋に祀られている人形も、おそらくその類《たぐい》のモノだろう。質素な、土を焼いて
色をつけただけの人形が、人の想いによって命を得た。拾われ、守り神様だと言われて、
自分はそうなのだと信じ込んだ。
神様ではない、あやかしだ。人に愛《いと》おしまれたから、人を愛おしむことをおぼえた。
いや、愛おしむことしか知らなかった。そうして守ることが自分の役目だと信じて、一
生懸命に人を守っているあやかしなのだ。

人形が木の根もとに落ちていたのは、なぜだろう。母親がみずから手放したとは思えない。あるいは母親はすでに死んでいるのかもしれない。事情を知らない他人の手によって処分され、巡り巡って花房屋の手に渡ったか。そこまでは、るいの想像の外だ。

「何か困ったことがあったら、店に来い。助けてやるからな」

おサヨは幼い子供の仕草でぴょんと立ち上がった。

「きっとだぞ」

（……花房屋さんは、あたしには二度と会いたくないと思うけどね）

心の中で思いながら、るいは「はい」とうなずいた。

「ありがとうございます、おサヨ様」

おサヨは可愛らしく笑うと、ふわりと駆け出した。深夜の闇の中、赤い振り袖がひるがえる。狭い部屋であるはずなのに、まるで四方の壁までが真っ黒な闇に溶けてしまったかのように、駆け去る童女の姿はどこまでも遠ざかり、やがて見えなくなった。

あたりがしんと静まり返ったとたん、るいは身震いした。如月の夜はまだまだ寒い。

両手で二の腕をさすってから、夜具を肩まで引きあげてまた横になった。

明日、店に行ったら冬吾様に花房屋の小さな守り神様の話をしよう。冬吾様はきっといつものように無愛想に耳をかたむけるのだろう。鼻先で笑いながら、それでもちゃんと最後までるいの話を聞いてくれるだろう。

胸の中にほっこりと温かいものを感じながら、るいは眠りに落ちていった——。

第二話

鬼の壺

一

一体、これは何事だ――と、佐々木周音《ささきあまね》は思った。

場所は深川猿江町《さるえちょう》の辰巳《たつみ》神社。その母屋の奥の間である。

かつてこの地を拓《ひら》いた深川八郎右衛門《はちろうえもん》と所縁を持つという、その古き由緒を誇る神社の神主である周音は、しかし今、色白で端正な顔に困惑の色を浮かべていた。

なぜかというと、

「大変なんです、一大事です、周音様！」

目の前でこれ以上ないほど切羽詰まった顔でわあわあと声を張り上げているのは、九十九字屋で働いている、るいという娘だ。

会うたびに思うが、元気なのを通り越して、賑やかというか騒々しいというか。

そもそも、るいを部屋に招き入れたおぼえはない。神主としての朝の務めを終えたのちに書物に目を通していたら、取り次ぎも介さずに突然この娘が「周音様！」と叫びながらばたばたと奥に駆け込んできたのだ。

その勢いではとても追い返せたものではないと判断した周音は、慌てて駆けつけてきた下男をさがらせて、やむなく彼女と向かい合った。るいはぺったりと周音の前に座りこむと、大きく肩を上下させている。どうやら北六間堀町からの道のりを走りとおしてきた様子だ。

で、口を開くやいなや、冬吾様が大変だと騒ぎだしたわけだ。

「何が大変だというんだ？」

つい顔をしかめてしまったのは、仲の良くない弟の名前を耳にしたからだ。

「いなくなったんです。もう三日も、冬吾様がどこへ行ってしまったかわからないんです！」

それがどうしたと、周音は深くため息をついた。

「出かけていって戻らないということなら、それなりの事情があるのだろう。大の大人が、まさか拐《かどわ》かされたわけでもあるまい。あの男を売り飛ばして、金になるわけでなし」

「そうじゃないんです。冬吾様はどこにも出かけてないのに、姿を消してしまったんです」

るいは身を乗りだして訴えたが、さっぱり要領を得ない話に、周音の眉間《みけん》にますます皺が寄った。

「家の中から煙のように消えたとでもいうのか」

るいは首がもげそうに左右に振った。

「いいえ、蔵の中です」

ようやく聞きだしたところによれば、三日前に冬吾が店の裏庭にある蔵に入ったきり、出てこないのだという。

「その日のうちにもうおかしいってことになって、でもあたしは蔵に入るのは冬吾さまに禁じられているから、ナツさんが中に入って探したんですけど、どこにも冬吾様の姿がなくて。お父っつぁんも壁を伝って蔵中を見て回ったけど、やっぱり冬吾様を見つけられなかったんです」

そういえばこの娘の父親は妖怪の『ぬりかべ』だった。生前は人間であったが、死んでからあやかしになったというから、奇天烈《きてれつ》な話だ。

「あの壁の父親は今はどこにいる？」

「そのへんにいますよ。でもお父っつぁんは周音様のことが苦手だから、隠れているんです」

あやかしは徹底して祓《はら》うべしを信条にしている周音である。初めて父親を見かけた時にはてっきりこの娘に取り憑いた妖怪だと思って、即座にその場で退治しようとしたら、あろうことかカンカンに怒った当の娘に嚙みつかれた。文字どおり腕にがっぷり歯を立てられて、しばらく歯形が消えなかったことまで思いだした。

（腕に嚙みつくなど、年頃の娘のすることか）

いや年頃云々ではなく老若男女、他人にすることではあるまい。あれはけっこう痛かった。

苦手でけっこう、あの『ぬりかべ』の父親にしろ、ナツという化け猫にしろ、九十九字屋のあやかしに係わるとろくなことはないと、周音は苦々しい気持ちになる。

そもそもあの馬鹿な弟は、あやかしに甘すぎる。そのせいで子供の頃から危険な目にあっているというのに、いっこうに懲《こ》りる様子はない。

ならば冬吾が今さらどんな面倒ごとに巻き込まれたところで、もしそれがあやかしの仕業《しわざ》であれば――今回は十中八、九そうであろうが――なおのこと、こちらの知ったことではないと周音は思った。

「放っておいても、そのうちどこからか出てくるのではないか」

「落っことした小銭みたいに言わないでください。それに小銭だって、道端《みちばた》で落としたら二度と戻りゃしませんよ。――冬吾様が、もしこのまま行方知れずになってしまったら、どうするんですか？　もしかしたら、危ない目にあっているかもしれないじゃないですか」

るいは口を尖らせて周音を睨んだ。

「あたしだって三日も待ったんです。心配でもうこれ以上待てません」

「それで私にどうしろと」

言い返してから、周音はしまったと唇を噛んだ。るいがここへ駆け込んできた理由など、端からわかりきっている。

「お願いです、周音様。助けてください。一緒に冬吾様を捜してほしいんです」

案の定だ。周音は冷ややかに、「断る」と言った。

「私はあいつが嫌いだ。顔を見たいとも思わない」

「それは知ってますって」

何度も聞きましたからと、るいはこくこくうなずいた。だからどうしたと、わかりやすく顔に書いてある。

「今は、兄弟ゲンカなんてしてる場合じゃないです。そんなの、冬吾様が無事に見つかってから、二人で好きなだけ罵《ののし》り合いでも殴り合いでもしてください」

「殴り合いなどするか。人聞きの悪い」

「こないだ、冬吾様のことを殴ったじゃないですか。拳骨《げんこつ》でごつん、て」

「あれはつい手が出ただけだ」

だいたい兄弟ゲンカなどという単純なものではないのだ、あの弟との確執は。

そう口にしかけて、しかし周音は黙り込んだ。なぜだろう、この娘の顔を見ていると、いちいち言葉にするのが虚《むな》しい気分になってくる。

「ともかく、私は手を貸すつもりはない。わかったら、お引き取り願おう」

周音はぴしりと言い放つと、るいが何か言う前に立ち上がる。肩を落とした娘を一顧《いっこ》だにせず、部屋を出た。

「……まあ、あんたは来ると思っていたよ」

九十九字屋の裏庭に佇み、目の前の蔵を睨んでいると、美女に扮《ふん》した化け猫が傍らに立って声をかけてきた。周音が眉間に皺を刻んだのを見て、しなりと艶《あで》やかに笑む。

「来るつもりはなかったがな」

「何を今さら」

周音の素《そ》っ気《け》ない返事に、ナツはころころと今度は笑い声をあげた。睨みつけたが、確かに周音が九十九字屋まで出向いてきたことにかわりはない。

「あの娘が、どうしても帰らないと言ってきかなかったからだ」

視線を裏庭に面した縁側へと逸らせたのは、ちょうどるいが盆に湯呑みを載せてそこに顔をだしたからだ。「周音様、お茶をどうぞ」と縁側から呼ばれて、周音はなんとも複雑な気分になった。こちらに向けられたるいの真っ直ぐな視線に、周音様がきたからもう大丈夫——とでもいうような、安堵《あんど》と期待の色を読み取ったせいである。

そこまで信頼されるほどのことをしたおぼえはないがと思いつつ、周音は縁側に歩み寄り、腰かけた。猿江町からの道のりで喉が渇いていたから、遠慮なく湯呑みに手を伸ばす。

（なぜ私が、冬吾のためにわざわざここへ足を運ばねばならないんだ）

胸の内の繰《く》り言《ごと》ももう何度目か、答えは簡単で、根負けしたからだ。

るいを残して部屋を出たまではよかった。ところがすぐさまるいが後を追いかけてきて、一緒に来てもらえるまであたしはここを離れませんと宣言すると、そのとおり廊下の柱に腕を回してがっちりとしがみついたまま梃《てこ》でも動こうとしなかった。

居座るにも他にやりようはあるだろうとさすがに呆れたし、四半刻《しはんどき》も経つ頃には下男や女中がそろってまるで周音が彼女を苛《いじ》めているかのような非難の目を向けてくるようになったものだから、渋々でも九十九字屋に出向くことを承諾する羽目になってしまったのだ。

「本当は冬吾のことが気になっているんじゃないのかい？」

ふいに背後から囁く声がして、周音はぎょっとした。首を巡らせれば、いつの間にやらナツが横座りして彼を見ている。気配も感じなかったとは、不覚だった。

「化け猫が。うっかり祓われたくなければ、気安《きやす》く近づくな」

「おや。また横っ面を引っぱたかれたいのかねえ」

懲りない男だねと言われて、周音は忌々《いまいま》しく息を吐いた。

（私が冬吾の心配をしているとでも？　馬鹿なことを）

心配なら子供の頃にさんざんしてやった。生まれつきあやかしを引き寄せやすい体質の冬吾の周辺から邪気を祓うのが、子供の頃の彼の役目だった。なのにあの弟はみずからあやかしに近づいては、身体《からだ》を弱くして寝込むことも度々だったのだ。こちらの苦労も知らずにと、思いだしても腹立たしい。

「冬吾は何のために蔵に入ったんだ？」

「さあ。蔵に籠《こ》もることなら、これまでもあったよ。姿を消したのは初めてだけどさ」

言って、ナツは束《つか》の間《ま》、言葉を途切れさせた。紅を刷いた唇に指を添えて考え込むようにしてから、

「あの蔵にあるのは、ほとんどがいわくつきの器物だからね。時々は中を見廻らないと、拗ねちまう連中だっているんだ。封印も時間が経てば効力が薄くなるから、定期的に封じを施しなおさないといけない」

「つまり、危険なモノも置いてあるということか」

「凶悪な連中は、奥のほうに厳重に閉じこめてあるよ。大方は、先代から冬吾が引き継いだモノさ。どういったものが置いてあるかは、あたしもよくは知らない。目録でもあ

りゃ書きつけてあるのだろうけど、それは多分、冬吾が持って入っただろうから」

でも今にして思えばと、ナツはつづけた。

「いつもの見廻りにしては、蔵に入る前の冬吾の様子が少しばかり違っていた気がするね」

「違っていた？」

「なんていうか、普段より無愛想だったような。声をかけても生返事しかしなくてね、まあ、朝はたいがい機嫌が良くないからこっちもさほど気にはしていなかったけど」

そういえばと声をあげたのは、ひょいと縁側に顔をのぞかせたるいだ。

「あの日、冬吾様は自分が出てくるまで誰も蔵には近づくなって言ってました。お父っつぁんはいつも蔵の壁にいるんですけど、そのお父っつぁんにもしばらくそこから離れていろって。それでお父っつぁんは、あの日はぶつぶつ文句を言いながら座敷の壁にいたんです」

きっとお父っつぁんに邪魔されたくないのねと、その時には深くは考えなかったらしい。が、それとて今にして思えば妙なことだ。あの日にかぎって、なぜ冬吾は作蔵すら蔵から遠ざけようとしたのか。

「おかしなことなら、他にもあるよ。これは、あたしが冬吾を捜しに蔵に入った時に気がついたことだけど、香《こう》の匂いがしたのさ。中で冬吾が香を焚《た》いたんだろう」

「何のために」

「中にしまわれている連中が、えらくおとなしかった。皆してぼうっと、半分起きているような眠っているような様子でさ。いつもなら誰かが蔵に入ると、もぞもぞごとごと騒ぐモノも多いのに」

多分、香の匂いで皆、夢見心地に眠っちまってたんだろうねと、ナツは言う。

「だから、それは何のためだ」

「それこそ何か、邪魔をされたくないことでもあったんだろう」

周音は目を細めて考え込む。そういう時の表情は兄弟よく似ているとは、本人は気づいていない。

他のあやかしに見られたくないこと。邪魔をされたくないとは、そういうことか。

「その日、蔵に何か異変はあったのか」

周音は視線を蔵に向けて訊いた。

「あったとしても、あたしらにはわからないね。あの蔵は特別な造りになっていて、中の連中をしっかりと閉じこめている。仮に妖気なり邪気なりが溜まっても、外にまで漏れてくることはないよ」

「え、そうなんですか？」

るいが目を丸くした。初めて聞いたらしい。

「特別につくった壁だったなんて。お父っつぁんはいつもあそこにいるけど、平気だったのかしら」

「あんたのお父っつぁんには妖気も邪気もないからねえ。それに作蔵がいるのは壁の内側じゃなくて外側だから、たいして影響はないだろ。そもそも都合の悪い場所なら、冬吾が端から許さなかっただろうし」

今まで作蔵が平気だったのなら平気なんだよと、ナツは笑う。

周音は小さく鼻を鳴らした。

「要は何ひとつわからないということか」

「だから、あんたに頼んでいるんじゃないか」

さらりとナツに返されて、周音はまた眉間に皺を寄せた。これで何事もなく冬吾が姿を見せたら、どうしてくれようかと思う。

「あいつは、私がどれだけ助けてやろうと感謝するどころか、私があやかしを祓ったと言って恨んで泣き喚くようなやつだった。たとえ身の危険がせまっていたところで、私が手を貸して喜ぶとは思えんな」

「冬吾が今も生きているのは、あんたがそうやって守ってやったからさ。違うかえ？」

思いがけず真摯《しんし》な口調で言ったナツを、周音は一瞥した。次いで、その傍らでなんとなくそわそわしている様子のるいを。本当に何でもわかりやすく顔にでる娘だと思う。一刻も早く冬吾を助けてくれと言いたいのを、我慢しているのだろう。

九十九字屋に出向くことを承諾したとたん、るいはぱっと顔を輝かせたものだ。跳ねるように柱から離れて、周音の腕を摑むと彼を引きずるようにそのまま駆けだそうとしたのには呆れた。せめて歩かせろと言ってやったら、今と同じようにそわそわしながらもおとなしく後ろからついてきたが、それも道のりの半ばまでである。

「やっぱりあたし、先に行ってます！　待ってますからね、周音様！」と叫んだ時にはもう走りだしていた。先に行ったところで事態が変わるわけでもなかろうに、よほど冬吾のことが心配で落ち着かなかったとみえる。

周音は湯吞みを置くと、立ち上がった。

「蔵に入るのかい」

縁側を離れた彼を、ナツの声が追う。

中の様子を見るくらいのことはしてもよいだろう。このまま茶を飲んだだけで帰るわけにもいくまい。冬吾の身に何が起きたのか、興味がないこともない……。胸の内に浮かんだ返事を吟味《ぎんみ》したが、結局、「そうだ」とだけ、周音は答えた。

蔵の前に歩み寄り、観音開きの戸を開く。次に内扉を開けようとした時、傍らから白い手が伸びて、彼より先に引き手を摑んだ。

「案内しようか」

またも気配なく傍らに立ったナツが、周音が口を開くより早くするりと蔵の中に身をすべり込ませた。やむなく周音もそれにつづく。

中は真っ暗ではない。二階の小窓から光が淡く取り込まれているからだ。それでも奥のほうは闇に溶け込んでいて、境界が曖昧であるためか外からの見た目よりも内部は広く奥行きがあるように感じられた。

見回せば棚にも床の上にも、木箱が置かれている。紐《ひも》をかけたもの、札を貼られたもの、墨書きされたもの。大小も新旧も様々なそれらが、無造作に積み上げられているさまを見て、どういう保管の仕方をしているのかと周音は首を捻った。壁際には箪笥《たんす》や長持が据えてあるから、着物や小物はそこにしまわれているのだろう。

なるほど、先ほどナツが言っていたように、蔵の中にはかすかに香の匂いが残っていた。それに紛れてしまっているのか、あやかしの気配はほとんど感じられない。もっと黒々と邪気に染まった空間を思い浮かべていたので、むしろ肩すかしである。

いや――。

一瞬、何かがぴりりと神経に触った。総毛立つほどに鋭い、あやかしの気配。

(何だ)

とっさに出どころを探ろうとしたが、捉える前にそれは霧散した。

「気づいたかい?」

先に立っていたナツが振り返った。薄闇の中に、ふいに白い顔が浮かびあがったかに見えた。

「何かいるな」

「いたのさ」

まるで逆立った毛を撫でつけるように、ナツは自分のうなじに手をやって、やれやれと呟いた。

「ここでなら、ちゃんと話ができるね。るいには言ってないんだ。これ以上、心配させたくはないからねえ」

作蔵にも一応、口止めしてあるとナツは言う。

「何を」

「それを今から話そうってのさ。こっちだよ」

ナツが誘《いざな》ったのは蔵の奥だ。

その一角を覆うのは、光が届かぬ暗さではない。闇の帳《とばり》が一枚、降りているかのようである。

ふいに炎の色が灯《とも》った。ナツが、どこかに置いてあったらしい手燭《てしょく》に火をいれたのだ。それを受け取り、周音は自分のまわりをぐるりと照らした。

そこにも木箱が幾つか置いてあるが、他とは明らかに扱いが違う。床に積まれたものはなく、どれも棚にきちんと並べられて太い麻紐で何重にも支柱に括《くく》りつけてある。まかり間違って棚から落ちないための処置だろうが、まるで危険な獣を繋《つな》いでいるかのごとき異様な眺めだった。

これだよとナツが低く言って、自分の足もと近くの床を指差した。そちらに向かって手燭を掲げ、床に散らばったものを確かめて、周音は表情を険しくした。

ちぎれた紐。壊れて蓋《ふた》の開いた木箱。四散した何かの破片。箱の高さは一尺足らず、縦横に五寸といったところだ。棚にある他の箱と比べても、さほど大きなものではない。

周音は屈《かが》むと、近くに落ちていた破片のひとつに慎重に手をかざした。とたん、またも総毛立つ。先と同じ神経を逆なでするような、あやかしの気配が掌《てのひら》に伝わってきた。

「これは、壺か」

「壺のようだね」

「どんないわくのモノだ」

「さあね。それは冬吾にしかわからないって言っただろ」

周音は手燭を動かし、棚を見た。一本の紐が途中から引きちぎられたように、支柱から垂れ下がっている。ちょうど周音の目の高さ、棚には床に落ちている木箱と同じ幅の隙間《すきま》があった。

何かのはずみで落下した箱が、床にぶつかって中身ともども壊れたということか。しかし、落ちただけなら紐まで切れることはあるまい。

「あたしにわかるのはせいぜい、壺に取り憑いていたか、中に封印されるかしていた奴が逃げたってことさ」

逃げた、と周音は繰り返す。

「もうここにはいないよ。あんたが感じた気配は、そいつの残《のこ》り香《が》みたいなものだ。この香の匂いみたいにね」

壺が割れた瞬間、おそらく強い妖気があたりに飛散しただろう。冬吾はその異変に気づいて、蔵に入った。そうしてまず、妖気によって他の器物が影響を受けないように香を焚き、ここにいるモノたちを眠らせたのだとナツは言った。

「器物によっては、妖気に触れて正気を失っちまうやつもいるから。そうなるともっと面倒だ」

「しかし、なぜこんなことになった？　そのあやかしは自分で封印を解いて逃げたというのか」

繫がれていた紐をちぎり、箱も壺もみずから壊して自由を得た。内側から檻《おり》を壊すようにだ。それは間違いないと周音は考える。

「封じの効力が切れていたんじゃないのか」

「冬吾に手抜かりはなかったはずだよ。とくにここに保管してある危険な連中には気をつけていたはずさ。封じの力がなくなるまで放っておくなんてことをするわけがない」

「だが、げんにこの有様だ」

「……人にあやかしの何がわかるんだい？」

闇の中、手燭の仄《ほの》かな明かりに浮かび上がるナツの白い顔が、ゆるりと笑んだ。

「何の理由で、何が目的で、何のためにそこにいるのか。あやかしの道理を、人が必ず理解できるものだと思うかい？　たとえばこうして向きあって話をしていたって、あんたとあたしがわかりあうことなんて無理だろ」

「わかりあいたいとも思わんが」

お互い様だねと、ナツはまた笑った。

「あたしが言いたいのは、多分、たまたまだったたってことだ。何かそういう節目ってものがあって、これまでおとなしく封印されていたモノがいきなり凶暴になったのかもしれない。それともこれまで少しずつでも蓄えていた力が、花火みたいに爆発したのかもしれない。どのみち、人にはわからない道理のゆえさ。そうなったら、封じの力なんて効きゃしないよ」

なぜこんなことになったかと問うた周音への返答だ。——あやかしに関するかぎり、原因も理由も問うだけ無駄だと。

「たまたま、三日前にそういうことが起こっちまったってことじゃないかねえ。いくら冬吾でも、これぱかりは予測がつくことじゃない」

「なら、同じ道理を持つあやかしになら、予測もしえたというのか」

「お生憎《あいにく》さま。もっとわからないよ。あたしらあやかしは、お互いのことには興味がないんでね」

あっさりと言い放ったナツを、周音は睨んだ。

「つくづく、厄介なものだな。あやかしというのは」

人とはけして相容《あいい》れない存在なのだ。手なずけられると思うのも、力を抑え込むことができると考えるのも、理解できると信じることすら人の油断であり、傲慢《ごうまん》だ。

(だから甘いと言っているんだ、冬吾)

で、あの弟はなぜ姿を消したのか。

「冬吾が蔵の異変に気づいて中に入った。この光景を見て、危険なあやかしが逃げたことを知った。……その後は」

「もういっぺん回収するために、追いかけただろうね」

「外へか？」

「だったらあたしらだって気がつくよ」

では蔵の内か。痕跡がどこかにあるはずだ。

「おい、化け猫」

あたしにだって名前はあるんだよとナツが返したのを無視して、さがっていろと一言告げると、周音は浄衣《じょうえ》の懐から呪符《じゅふ》を取りだした。

祝詞《のりと》を唱えながら呪符を床の上の箱と破片に向けて投げ放つ。ひらりと舞ったそれが空中で紫色の炎に包まれ、小さな火塊《かかい》となって落下した。とたん、それが触れた床の表に、鮮やかな紫の光が水面の波紋のように幾重《いくえ》にも広がった。

「そこか」

周音は呟いた。

蔵の床一面に光の細波が揺らぐ中、一箇所だけ闇を残した部分があった。壊れた箱から少しばかり離れた場所に、縦横三尺ほどの——それはまるで、穿《うが》たれた真っ暗な穴のようにも見えた。

寸の間で呪符は燃え尽き、蔵の中に薄闇が戻る。それと一緒に、炙りだされたあやかしの痕跡も消えた。

「今のは何だい？」

ナツが訊ねる。

「くだんのあやかしが逃走した跡だ。おそらくどこか別の場所に、無理矢理に路を繋げたものだろうな」

「じゃあ、冬吾は」

「あやかしを追ったのなら、そこを通ったはずだ」

三日も経っていまだ気配を残すほどの、強い妖気の持ち主だ。幸いと言ってよいのかどうか、その妖気が汚泥《おでい》のように床に染みついていたからこそ、呪符で炙りだすこともできたのだ。そうでなければ、痕跡を見つけることはもはや難しかっただろう。

「馬鹿が」

周音は小さく舌打ちした。

(幾つになっても同じか。いい加減、手間をかけさせるな)

その時彼の胸の内に浮かんだ思いを、見透かしたようにナツが口にした。

「あやかしを追ってどこへ行っちまったのやら。まだ戻ってこないってことは、冬吾に何かあったのかもしれないね」

　それには何も言わず、周音は踵を返した。

　外へ出ると、蔵の前を落ち着かなく行ったり来たりしていたるいが、彼に駆け寄った。

「周音様、何かわかりましたかっ？　冬吾様は？」

「逃げたあやかしを追って、蔵の中から姿を消したようだ」

　るいは目をまん丸に見開いた。

「え、え、じゃあ冬吾様はどこへ行ったんです？」

「そこまではわからん」

　後から蔵を出てきたナツが、周音の傍らを過ぎてるいの腕を取った。

「お腹がへったね。そういや昼餉がまだだった。篔屋へ行って、握り飯と何か菜をもらってこよう」

「でも」

「大丈夫だよ」

　肩越しに周音を振り返り、ナツはニッと唇の端を引き上げた。

「もう目処《めど》はついているってさ」

周音は尖った視線をナツに投げると、長々と息を吐いた。

二

これで良いかいと言いながら、ナツが伐《き》ったばかりの柳の枝を抱えて蔵に入ってきた。近所に柳が生えていたら、できるだけ長い枝を数本、持ってきてもらいたいと頼んであったのだ。

柳を受け取ると、周音はそれを藁縄《わらなわ》でひとつに束ねて、枝の端が床に触れる高さに括りつけた。

つづいて、あやかしが繋いだ路の周辺を手持ちの塩と水とで浄《きよ》める。正式な作法に則れば時間も手間も相応にかかるが、今は急を要する事態だ。懐の中の呪符を確かめると、周音はナツに向きなおった。

「戻ってくるまで、この蔵には近づくな。あの娘と父親にも、よく言っておけ」

「わかっているよ」

ナツはうなずくと、他に要る物はあるかいと訊ねた。

「念のためだ。冬吾の気を帯びた物——何か、冬吾が普段身につけているような小物はあるか」

「探してみるから、ちょっと待っていておくれ」

蔵を出ていったナツは、ほどなくして戻ると周音に「ほら」と手渡した。泳ぐ鯉《こい》を象《かたど》った木彫りの根付《ねつけ》だ。

「拍子抜けするほどまともな品だな」

「まあ、洒落《しゃれ》っ気《け》はないね」

準備を整えると、周音は呪符を一枚取りだして、あやかしの逃げ路に置いた。とたん、その部分の床の色が変じてふたたびそこに、真っ暗な穴があらわれる。

とぷり、と黒い細波が揺れて、呪符はたちまち、水面におちた紙片のように呑まれて消えた。

周音は穴に向かって踏み出した。足が沈んだと思った瞬間、視界が闇に塗り込められた。

風の音が聞こえた。木々の枝がしなり、さわさわと葉を揺らした。

足もとにはしっかりと硬い地面があり、頭上には丸く輝く月があった。

視界を閉ざしていた闇が月明かりにぼんやりと青く変じて、気づけば周音は暗い夜の樹林の中に佇んでいた。

風が駆け抜けたあとに、しんと静寂が訪れる。

ここはどこだ。

周囲に鬱蒼《うっそう》と生い茂る樹木に目を凝らしたとたん、背後から思いがけず、よく知った声が聞こえた。

「おやまあ。地獄にでも繋がっているのかと思ったら、どこかの山の中にでも来ちまったかね」

周音がぎょっとして振り返ると、ナツはすました様子でニッと口の端をあげた。

「どうしておまえがここにいるんだ。待っていろと言ったはずだぞ」

「これも持たせるつもりだったのに、あんたときたらさっさと行っちまうのだもの」

言って、ナツは手にした提灯《ちょうちん》をついと持ち上げて見せる。九十九字屋の屋号の入った提灯だ。手も触れぬのにほわりと火が灯って、暖かな光が広がった。

「月が出ているのだから、明かりは必要ない」

「必要ないかどうかなんて、こっちに来るまでわからないじゃないか。それにこれは、魔除《まよ》けになるんだよ」

「魔除けだと」

「悪いモノはこの明かりには近づいてこないことになっているのさ」

周音は顔をしかめた。

「あちらにあの娘を残してきて、もし蔵に入ってきたらどうする気だ」

「心配ない。あれでちゃんと分別のある娘さ。あたしらが戻るまで、しっかり食べて寝て、心配せずに待ってろって、言い聞かせておいたからね」

どうやら提灯は言い訳で、端から一緒について来るつもりであったようだ。

周音はふんと鼻を鳴らした。

「何のつもりだ」

「いちいちうるさいね。ただの退屈しのぎだよ。長く生きていると、そうそう面白いこともないからさ」

「なるほど、あやかしの道理か。理解できぬな」

「だから、あたしとあんたがわかりあうのは無理だって言ったじゃないか」

ナツは喉を鳴らして笑う。その目が夜の底で、きらりと金色に光った。人のそれではない、暗闇に灯る猫の目だ。化け物めと周音は思う。ならば言い争いなど、するだけ無駄だ。

それ以上はナツに応じずに、周音は踵を返した。——いや、返そうとして動きを止めた。

風は吹いていない。にも拘わらず、彼らをとりまく静寂の中に、ふいに音と気配が混じりこんだ。

ざわ、ざわ。間近な樹木の梢《こずえ》がしなり、木の葉が揺れた。

ぱきぽきと、小枝が折れて地に落ちる。

月の光の届かぬ闇から闇、幹を伝い枝を伝い、幾つもの影が飛び跳ねた。その動きをとらえようと周音が目を凝らした瞬間、不気味に赤く光る双眸《そうぼう》が、頭上の枝のそこここでいっせいに開いた。

とたん、むっと腥《なまぐさ》い臭いが夜気にこもる。邪気だ。

「何だ、あれは」

枝葉の隙間から見下ろしてくる赤い目を睨んで、周音は呟いた。

「さあね。ろくでもない奴らだってことは確かだね」

およしよとナツが言葉を継いだのは、周音が懐から呪符を摑みだそうとしたからである。

「この提灯があれば、あいつらは無節操に襲ってきやしないよ」

ナツが提灯を高く掲げてあたりをぐるりと照らしだすと、まるで金物をこすりあわせるようなキ、キ、キ、という声をあげて、正体の知れぬあやかしたちはわずかに退いたようであった。闇に点々と散っていた赤い双眸が、分厚い葉陰に埋もれて消える。だが、逃げだす様子はなかった。

「貸せ」

周音はナツから提灯を受け取ると、足を速めて歩きだした。

「どうするのさ」

すぐ後ろをついてきながら、ナツが訊く。

「放っておけ。何のあやかしかは知らぬが、手を出してこないのなら、かまっている時間が惜しい」

下生えの草を踏みながら進む二人の背後から、ざわざわとあやかしの気配が追ってくる。かまわずそのまま鬱蒼とした樹林の中を歩きつづけると、いつしか足もとは木々の間を縫う小道となっていた。人の往来がある証《あかし》だ。

道は緩やかに傾斜している。登っているということは、ナツが言ったようにどこかの山の中か、少なくとも麓《ふもと》のあたりにでもいるらしい。

そうして四半刻も経った頃であろうか。ふいに樹林が途切れ、月の光が青い紗幕《しゃまく》のごとくに視界に広がった。同時に、背後にあったあやかしの気配が霧散する。葉陰から二人を見つめていた赤い双眸が、拭われたようにかき消えた。まるで月光の下に姿を曝《さら》すことを嫌ったかのように。

ナツはちらりと背後を振り返って、提灯の火を吹き消した。

「やっぱり、これがあってよかったじゃないか」

「だからと言って、おまえに一緒に来いとは言っていない」

「素直じゃないねぇ。まあ、冬吾もそんなものだけど」

よく似た兄弟だとナツは笑う。

「心外だ」

苦々しく呟くと、周音は小道の行く手に目をやった。

あらためてまた、思う。

(ここは一体、どこだ)

月明かりの下、山の稜線を背に家々が点在する集落が見えていた。


「そこから先は行かないほうがいい」

ふいに声がかかったのは、小道をたどって集落の目前まで来た時であった。

周音は振り向いて、鋭く目を細めた。ナツも首をかしげている。

一人の男が彼らの後ろに立っていた。歳の頃は二十代半ばの若者だ。夜目にも肌は日に焼け、継ぎが当たって色の褪《さ》めた着物をまとっているのがわかった。このあたりの百姓だろうか。

しかし、それまで人の気配などどこにもなかった。背後から近づいてくる足音もなく、小道の脇の茂みに隠れていたとも思えない。まるで降って湧いたように、唐突に若者はそこに姿をあらわしたのだ。

「あんた方、よそから来たんだろう。見つかったら、捕らわれるよ」

警戒する周音に対し、若者は首を振って見せる。実直そうな顔に悪意は感じられない。むしろ誰かに聞かれるのを怖れるように、声を低めていた。

「捕らわれる？」

「村の者たちに捕まったら、鬼にされて、丸羽《まるばね》様に引き渡されるよ」

「……鬼だと？」

何の話だと周音は思う。どういう意味だ。……鬼にされる、とは。

「へえ、ここの連中が、あたしらを捕まえるってのかい？」

ナツが口を開いた。

「じゃあさ、他にも捕まった者はいるだろうね」

周音はハッとしてナツを見る。

若者は、あっさりとうなずいた。

「あんた方と同じ、よそ者の男だった。止めたけど、行ってしまった。それきり姿を見ていないから、鬼にされたんだろう」

「それは三日前のことか？」

周音の問いには、若者は曖昧に首をかしげる。

「この夜のことだ」

「今夜？　そんなはずは」

言いかけて、周音はえも言われぬ違和感に襲われた。何かがおかしいと思い、すぐに気づいて頭上に視線を投げた。

深い藍の夜空に皓々《こうこう》と輝く月は、先に見上げた時とその位置を寸分も変えていなかった。西の空へ傾くことなく、天頂に据えられたかのように浮かんでいる。

月が動いていない。——つまり、時間が流れていないということか。

(なるほどな)

周音は思う。ここがどこの何という土地であるかなど、訝《いぶか》るだけ無駄なこと。どうやら現世にある場所ではなかろう。何者かの悪意に満ちた夢の中にいるのだとでも、思っておけばよいか。

永久の夜とは、まさに悪夢だ。

「そのよそ者はどんな男だった？」

「ぼさぼさと髪を髷にせずに垂らしていて、黒い縁のついたおかしな面のようなものをつけていたなあ」

眼鏡を見たことがなければ、なるほどおかしな面のようにも見えるかもしれない。若者が言う人物が、冬吾であることは間違いないようだ。

どういうつもりだあの馬鹿は——と、周音は舌打ちした。

「捕らわれたくなければ、あんた方はひき返したほうがいい」

「生憎《あいにく》、そうもいかないのさ」と、ナツは肩をすくめた。「その男はどうやら、あたしらの知り合いだ。探して、連れて帰らないといけなくてね」

そうかと、若者は表情を曇らせた。

「案内してやりたいけど、俺もこの先には行けないんだ。化け物がいるから」

「化け物？」

「ああ。村の者は皆、化け物になってしまった。残ったのは、俺と弥兵衛《やへえ》さんとハヤだけだ」

「一体——」

言いかけて、周音はため息をついた。

鬼だ化け物だと、さっぱり要領を得ない。そもそも蔵から逃げだしたあやかしの正体すら知れぬままである。

（厄介な）

「あんた方、俺と一緒にくるかい？　俺とハヤは今は弥兵衛さんのところにいる。弥兵衛さんは村長で物知りだから、わからないことは弥兵衛さんに訊くといいよ」

あっちだと、若者は集落とは別の方角を指差した。その先に目を凝《こ》らせば、山肌の雑木林の中に、農家の屋根と戸板から漏れているらしい明かりが見えた。

若者は五助《ごすけ》と名乗り、二人の返答を待たずに歩き出した。

どうするのさと、ナツが囁いた。

「先に冬吾を捜さなくていいのかい」

「事情もわからずに化け物がいるような場所へ乗りこむなぞ、馬鹿のすることだ。それこそ、あの馬鹿な弟ではあるまいし」

「その化け物がさっき森にいたのと同じ連中なら、この魔除けの提灯でどうにかなるだろ。いざとなればあんたの呪符だってあるんだしね。あたしらは、冬吾の行方を追ってきただけで、何かを退治しようってんじゃないよ」

「冬吾の心配ならいらん。あれでも一応、佐々木の血をひいた人間だ」と、周音は冷ややかに応じて、踵を返した。

「妙なところで図太いやつだからな。多少の危険なら、自分でどうにかするだろう」

おや、とナツは微笑んだ。

「なんだかんだ言って、信用しているじゃないか」

周音は盛大に鼻を鳴らすと、五助の後を追った。

三

村長の住まいというだけあってその一軒家は、垣間《かいま》見えた集落の家屋よりも大きかった。とはいえ手入れはされていないのか、古びて屋根には草が茂り、戸や壁にもあちこち破れ目がある。陽射しの中で見れば、廃屋と思ったかもしれない。

「弥兵衛さん、開けてくれ。俺だ、五助だ」

五助は戸口の前で中に声をかけた。するとほどなく、戸が軋《きし》む音をたてて開き、髷もすっかり白くなった老人が姿を見せた。

「そこにいるのは誰だね」

老人――弥兵衛は五助の後ろにいる二人に目をやる。落ち着いた、というより動じない風情《ふぜい》は年齢のせいばかりではないだろう。感情をあらわすことはもうやめてしまったとでもいうような、のっぺりと無表情な顔をしていた。

「村の連中に捕まった人の知り合いらしいよ。弥兵衛さんと話をしたほうがよいと思って、連れてきた」

ほうと呟き、弥兵衛は身を退《ひ》いた。入れということらしい。

囲炉裏《いろり》に火が燃えていた。家の中の明かりといえばそれだけで、遠目に戸口の隙間から漏れていたのも、その火の色であった。

囲炉裏端に少女が一人座っている。まだ幼さの残る、十二、三ばかりの娘だ。痩せて目ばかり大きく、どこか悲しげな怯えたような、少女にしては陰鬱な表情で、突然の訪問者をちらりと見たもののすぐにまた目を伏せてしまった。

「ハヤ、場所を空けろ」

五助に言われて、少女は無言で立ち上がり、隅《すみ》の暗がりに膝を抱えて座り直した。

そういえば、ここには季節もないのだろうか。

促され、ナツとともに囲炉裏のそばに腰を下ろしてから、ふと周音は思う。暑さも寒さも感じない。夜に閉じこめられ、時の流れを忘れた場所ならば、それすらも当然か。

しばし、ぱちぱちと火の爆《は》ぜる音ばかりを聞くように黙り込んでから、弥兵衛はぼそぼそと言った。

「何をお話しすればよいですかな」

二人の名を問うことすらしない。

口を開く前に、周音は素早く周囲に視線を巡らせた。

(まあ、そんなところだろう)

胸の内でうなずく。囲炉裏の炎の動きにあわせて、物の影がゆらめく。その中に、この家の住人たちの影はない。弥兵衛も五助も、片隅にいるハヤも、火の色に顔を染めながら、影を持たぬ者――つまりは、現世の者ではなかった。

三人とも、とうに死んでいる。本人たちがそれを自覚しているのかどうかは、わからないが。

なれば、五助が突然、周音たちの背後にあらわれたのも、合点がいく。

「人を捕らえて鬼にするとは、どういう意味だ。村の者が化け物になったとは、どういうことだ。ここで何があったのか、教えてもらいたい」

ぱちりと、囲炉裏の火がまた揺れた。

「お気づきかどうか。この村の周囲には乱杭《らんぐい》が打ち込まれておりましてな。ぐるりと囲まれ見張りが立てられて、村の内と外との行き来はできないようになっております。おまえ様方がどうやって入ってこられたかはわかりませんが……」

「囲まれている？　村が丸ごとということか」

気づかなかった。月明かりの下、遠目の視界に捉えたのは山の稜線、山肌を覆う雑木林ばかりだったように思う。

「丸羽様のご命令で、村は封鎖されたのです。——村の者を、中に閉じこめるために」

何だいそれはと、ナツが顔をしかめた。

「その丸羽様ってのは、誰なのさ」

「このあたりの土地を治める領主様で、旗印が丸に矢羽根だとかでわしらはずっと丸羽様とお呼びしております」

「わからないねえ。その領主様がさ、どうしてあんたたちを閉じこめたりしたんだい？」

鬼、という声がその時、聞こえた。ハヤだ。少女は自分の膝頭を見つめたまま、一言だけそう呟くと、また黙った。

「丸羽様のご家来がいきなり来て、村に鬼が入り込んだと、村の者がその鬼を匿《かくま》っていると言ったんだ」

代わりに口を開いたのは、弥兵衛の隣に胡座《あぐら》をかいていた五助である。

「領内で乱暴狼藉《ろうぜき》を働いた鬼だから、逃げないように村のまわりを杭で囲って閉じこめると。鬼は人の姿に化けるから、村の人間になりすますかもしれない。それで俺たちも村から出ないように閉じこめられた」

さらには、その鬼を村の者たちで捕らえて引き渡せと命じられたのだという。

「なんとも横暴な話だね。ようするにあんたたちは、自分らで鬼を捕まえるまで外に出られなくなったってことか」

ナツは苦いものを嚙みしめたような顔をした。

「鬼が村に入り込んだというのは、本当のことだったのか？」

周音が訊くと、弥兵衛はゆるゆると首を振った。

「村の誰一人として、鬼に襲われた者もその姿を見かけた者もおりませんでした。どこかに隠れ潜んでいるのかと、総出で何日もかけて村中をくまなく捜しましたが、何も見つからなかった。鬼は、どこにもいなかったのです」

鬼を匿うなどとんでもない。何度もそう訴えたが、村は封鎖されたまま、村人を閉じこめる乱杭が撤去されることはなかった。それどころか、あくまで鬼をかばいだてする気かと咎《とが》められ、家来たちの手によって村の田畑に火をかけられた。

もともと住民の大半が、山仕事を生業《なりわい》としていた村である。それが山に入ることができなくなり、村の外との繋がりも断たれ、そのうえわずかな田畑まで失っては村人は飢えるしかない。

「思い余って杭を乗り越えて逃げようとした者もおりましたが、たちまち見張りの者に見つかって殺されました。しかし逃げずともこのままでは村の者全員が、遠からず飢え死にする。ならば――」

ならば、村人が助かる手だてはひとつしかなかった。

淡々とした弥兵衛の物言いが、逆に薄ら寒い。

「鬼を差し出すしかないと」

村の誰かを鬼に仕立て上げ、鬼と偽って領主に引き渡す。村が救われるためには、そうするしかないと。

周音は思わず長い息を吐き、そうして初めて自分がそれまで息をつめるように弥兵衛の話を聞いていたことに気づいた。

(そういう意味か)

五助が言った言葉だ。

――鬼にされて、丸羽様に引き渡されるよ。

村を救うという名目で、鬼の役目を負わされる。いわば人身御供《ひとみごくう》にされるということだ。

「それで、鬼になる人間はどうやって決めたのさ?」

ナツが訊ねると、弥兵衛は首を巡らせ、隣の五助に顔を向けた。

「まずはここにいる五助が、みずから鬼になると申し出てくれました。五助には、老いて病を患《わずら》った父親がおりましてな。食べ物も薬もなく弱っていく父親を見かねてのことで」

つづいて村長は、片隅にいる少女に目をやった。

「次にはあのハヤが。ハヤには親がおらず、幼い弟や妹を助けたい一心でみずから鬼を引き受けると言ったのです」

まだ子供じゃないかと、ナツが呟く。

こんな少女を犠牲にしなければならないほど、村の者たちは追いつめられていたということか。

「……しかし、鬼は一人ではなかったのか？　その男を鬼と偽って領主に引き渡したのだろう。なのに、なぜその娘まで」

周音が言うと、弥兵衛はゆっくりと視線を彼に戻した。

「丸羽様が、承知なさらなかったからですよ。五助を差し出しても、ハヤを差し出しても、これは鬼ではない、本物の鬼を出せと仰って、村の囲いを取り払ってはくださらなかった」

村人たちの拙《つたな》いはかりごとが通用する相手ではなかったのだ。鬼と偽り領主のもとへ送られた五助が、ハヤがどうなったかは、問うまでもない。二人とも今は亡者である。

（それにしても）

どうにも腑《ふ》に落ちないと、周音は思った。

弥兵衛の話を聞くかぎり、村には領主の言う鬼などいなかったと思える。そもそも鬼がいようがいまいが、村を丸ごと封鎖し、中にいる者が飢えて死んでもかまわないというのは、非道を通り越して常軌を逸《いっ》している。

仮にそこまでしなければならないほど凶悪な鬼だとしたら、端から武器の扱いもろくに知らぬ村人の手で捕らえられるわけがなかろう。

(鬼とは何だ?)

あやかしならば、周音も嫌というほど見てきた。だが。

それは——実在するものなのか。

思ったとたん、すうっと背筋が冷えた。鬼などというものが怖ろしいのではない。本当に怖ろしいのは。

「最後にわしが鬼の役目を負うて丸羽様のもとへ向かった時には、もう村人の半数以上が飢え死にしておりました。食える物は食い尽くし、残った者も草や藁《わら》を煮てようやく命を繋いでいるような有様でしてな。丸羽様も村の窮状は見張りの者から聞いて、ご存じでありましたろう。今さらわしが鬼だと申し出たところでけしてご承知いただけないのはわかっておりましたが、それでも、わしは村長としてせめて一言、丸羽様に申し上げたかった。——あなた様こそが、鬼でありましたと」

弥兵衛はゆっくりとひとつ、目を瞬《しばたた》かせると、そこで口を噤んだ。

重い沈黙の中、囲炉裏の火の爆ぜる音だけが響く。

「……それで、領主はあんたに何て言ったんだい？」

幾ばくかして、ナツが呟くように訊いた。

さあ、と弥兵衛は首を振る。

「何と仰ったやら。おかしなことに、丸羽様のお館に着いた先のことは、覚えておりませんでな」

気づいたらこの家に戻っていたと言う。

そうかいとうなずいて、ナツはいたましげに老人を見つめた。

「俺もハヤも同じだ。気がついたら村に戻っていた。だけど家に帰っても、病で寝ていたはずの親父の姿はなかった」

五助が、囲炉裏の炎から目をあげた。

「村の者は皆、化け物になっちまってたんだ。親父もきっとあの化け物の中にいるんだろうが、誰が誰だかもう見分けがつかない。ハヤの弟妹たちにしたってそうだ」

「どうして化け物が、村人たちだとわかった？」

わかりますともと、弥兵衛は言う。

「村にいる化け物というのは、餓鬼《がき》なのです」

「餓鬼？」

周音の脳裏に、先ほどの樹林での光景がよみがえる。梢の闇に飛び跳ねていた影と、そこここから自分たちを見下ろしていた不気味な赤い双眸を。

「村の者は皆、飢えて死んだがゆえに、成仏もできずにあのような姿に成り果てましたのでしょう」

おそらく、弥兵衛が領主のもとに赴《おもむ》いてさほど間もないうちに、村の者たちは死に絶えたのだ。無惨な死を迎えたがために成仏かなわず、けして満たされることのない飢えを抱えたまま餓鬼となった。

「村にはもう化け物しかいないってのならさ、あんたたちはなぜここから逃げないんだい？」

五助は首をかしげて、ナツを見た。

「逃げられるものか。俺たちはずっと閉じこめられているんだ。村を囲う杭に近づけば、見張りのやつらに矢を射かけられる」

やはり、自分が死者だとはわかっていないらしい。生きていた時の記憶に縛られているのだ。

それにと、五助はつづけた。

「化け物になっても親父は親父だ。病を患っているんだ、置いてなどいけないよ」

そうか――と、周音は思った。

ここにいる三人が餓鬼とならなかったのは、飢え死にしたのではないからだ。けれどもそれぞれ、身内への未練が残ってしまった。五助は父親を、ハヤは弟妹を、弥兵衛は村長として村の者たちを、それぞれ見捨てることができぬがゆえに、今も村から離れられずにいるのだ。

（どうしたものか）

周音は胸の内で嘆息した。

あやかしならば、問答無用で祓ってやるものを。

（こういう者たちへの対処は、私よりも冬吾のほうがよほど慣れているだろう）

そんなことを考えてから、その弟をどうにかして連れ戻さなければならないことを思いだした。

「村にいる餓鬼は、人間を襲うのか？」

「わしらは襲われたことはありません。けれど、怖ろしくて近づくこともできませせぬ。

あれがかつて見知った者たちだと思えばなおのこと」

餓鬼はどうやら火を嫌うらしい。だからこの家には近づいてこないように、囲炉裏の火を絶やさないのだという。

先の樹林で周音とナツが無事だったのは、提灯の魔除けの力のみならず、そこに灯った火の色を餓鬼が嫌ったせいもあったかもしれない。

「でも、よそ者のあたしらが喰われないかどうかは、わからないねえ」

ナツの言葉に、弥兵衛は少し考えてからぼそりと言った。

「お知り合いの方でしたら、ご無事でございましょう」

「どうしてわかる」

まあ無事だろうがなと、周音は肩をすくめる。

「鬼の役目を負う者を殺しはしませぬ。丸羽様に引き渡さねばなりませんから」

「餓鬼になってもまだ、領主の言いなりだってのかい。今さら冬吾を鬼に仕立て上げて、どうなるってのさ」

「妄執《もうしゅう》でございましょう」

眉をひそめたナツに対し、弥兵衛は初めて表情らしきものを見せた。口もとに、わずかに寂しげな微笑を浮かべたのだ。

「あのような浅ましい姿になり、おそらく人であった時のことは何も覚えてはおらぬであろうに、それでも皆、鬼を差し出せば救われるという一念だけは消えず残っておるのでしょう」

飢えの苦しみと恨み嘆きの果てに餓鬼となった村人たちは、もはや何のためにおのれがそうするのかもわからぬまま、この果てのない夜に鬼を捜しつづけてきたのだろうか。

（そこまでの妄執にとらわれてしまっていては、成仏も難しいだろう）

ならばいっそ消し去ってやったほうがよほど本人たちのためであろうと、周音は懐の内にある呪符にそっと触れる。

「鬼役の者がどこにいるかは、わかるか？　たとえばどこかに閉じこめられているということは」

「それなら、村の社《やしろ》だ。俺は自分から申し出たから、捕らわれて閉じこめられたわけじゃないが、役を果たす者がいるとしたらそこだろう」

五助が答えた。

「その社はどこにある」

弥兵衛が立ち上がり、戸を引いてから周音とナツに手招きした。月明かりに青く濡れた集落の屋根の向こう側、弥兵衛が指差したのはこんもりと葉を茂らせた大きな樹であった。

「あの楠《くすのき》を目印に、少し先に行けば社があります。ただ、村の者たちが社の周囲におりましょうから、お気をつけて」

周音はうなずき、ナツとともに外へ出た。見送る弥兵衛と五助を振り返り、ふと躊《ちゅう》躇《ちょ》する。

現世の時間で考えれば、彼らは一体どれほどの年月、ここにいたのだろう。それとも、天空の動かぬ月と同じように、ここにいる者たちにとってはもはや時間の流れは関係ないのか。この夜しかないのか。

足を止めたのは、寸の間だ。かけてやる言葉など、何も浮かばなかった。

そのまま行こうとした時、つんと傍らから袖を引かれた。

見れば、家の片隅にうずくまっていたはずのハヤである。少女はおずおずと袖から手を離し、か細い声で言った。

「助けてください。弟と妹はまだ小さいんです。お願いします、あの子たちを助けてやってください」

痩せていっそう大きくなった目で縋《すが》るように見上げられ、周音はたじろいだ。

「あたし、死んだとうちゃんとかあちゃんに約束したの。弟と妹の面倒は、あたしがちゃんとみるって」

「しかしおまえの弟と妹は」

餓鬼になったのなら、もうおまえのことなど覚えてはいないだろう。——口もとまででかかった言葉を、周音は呑み込んだ。

(助けるとは、どうしろと)

苦り切って、それでも「善処する」と言うと、ハヤは首をかしげた。ため息をついて、周音は言いなおした。

「できるだけのことはしよう」

ハヤはホッとした顔になると、身体をふたつに折るように頭を下げた。

「……これだから、亡者《もうじゃ》などと係わりたくはないんだ」

弥兵衛たちと別れ、楠を目指して歩きながら、周音は腹立たしく呟いた。

提灯を手に先に立って歩くナツが、肩越しに彼を振り返った。

「そりゃあんなふうに頼まれちゃ、いつもみたいにさっさと祓っておしまいにはできないものねえ」

喉を鳴らして笑うような口調にムッとして、周音は彼女を睨んだ。

「おお、こわ」

ナツは袖で口もとを覆ったが、すぐに真顔になった。

「気をつけなよ。餓鬼ってのは一匹二匹でいる時にはたいしたことはないけど、集団で襲ってこられたら、ちょいと面倒だ。この提灯だって、せいぜい魔除けに効くってだけなんだからさ」

「餓鬼を見たことがあるような口ぶりだな」

「あるよ」

ナツは首を巡らせると、前を向いた。

「ずうっと昔、それこそ江戸が公方様のお膝元だなんて呼ばれるようになる前さ。その頃は、人の命なんて塵芥《あくた》みたいに軽かった。ひとたび戦《いくさ》に巻き込まれりゃ、村里のひとつやふたつは、簡単に消えちまう。飢えて死ぬ者も、そりゃ多かったから」

周音は驚いて、ナツの背中を見つめた。

「化け猫とはそんなに長く生きるものなのか」

「あたしなんてまだまださ。格上のあやかしともなると、千年くらい生きているのもいるからね」

ナツは歩きながら、提灯を持ち上げてぐるりと周囲を照らした。それまで藪《やぶ》の中の小道を進んでいたのが、そこに来て視界が開けた。もとは田畑とおぼしき土地に、丈の低い草が月光を浴びてそよいでいる。火をかけられたうえに、耕す者もいなくなった田畑だろうか。

「この村を見ていると、あの頃を思いだすよ」と、ナツは独り言のように言う。「ここが閉じられちまったのは、いつのことなんだろうね」

「江戸に公儀が置かれるより前のことだとでも」

「なんとなく、ね」

どれほどの年月を、と——先ほども胸をよぎった思いを振り払うように首を振り、周音は足を速めた。

「おや。お待ちよ」

追い抜かされて、ナツがそのあとを追う。

「……化け猫というのは、生まれた時から化け猫なのか？」

しばし無言で歩きつづけてから、周音はそんなことを訊ねた。

「なんだい、あやかしに興味があるのかい？」

「疑問に思っただけだ」

どうだったかねえと、ナツは考え込むふうに応じた。

「ここにいると、本当にいろいろと思いだしちまうよ。——あたしの一番古い記憶はね、まだほんの子猫だった頃に人間に拾われたってことさ。若い男だった。あたしにナツってって名前をつけたのも、その男さ。数年、一緒に暮らしたんだけれど、ある時いなくなっちまった」

戦が起こって、やって来た兵たちによって男のいた村は焼き払われた。男もおそらくその時に死んだのだろう。でもそんなこと、あたしにはわからなかったからと、ナツは言った。

「家の焼け跡で、ずっと、男が帰ってくるのを待っていたんだ」

長い間。暑くても寒くても、ひもじくてたまらなくても。

「よほど執着が強かったんだろうね。多分、そうやっていつまでも待っているうちにさ、いつの間にかあたしは、あやかしになっちまっていたんだよ」

「では、最初はただの猫だったのか」

「きっとね」

「……とんだ執着だな」

化け物になるまで待ち続けるほどその男が……人間が好きだったのか。

まったくさとナツは呟いてから、周音に向かってにこりと笑った。

「どんな男だったか、もう顔も声も覚えちゃいないのにねぇ」

訊くのではなかったと周音は思った。

先ほど亡者と係わったことを後悔したばかりだというのに。

(やはりあやかしになど、係わればろくなことはない)

ただ悪意しか持ち合わせていない相手ならば、こちらもこのように胸の痛む思いをせずにすむものを。

言葉を交わせば、迷いが生じる。だから、問答無用で消し去ってしまわなければならないのだ。

ざわりと、間近に林立する樹木の枝が揺れた。

そちらを一瞥すれば、赤い双眸がぽつぽつと梢の闇によぎって消えた。とっさに懐の呪符に手を伸ばしかけて、周音は鋭く舌打ちする。そこにいるのは五助の父親かもしれず、ハヤの弟妹かもしれなかった。

「そろそろ、気づかれたみたいだね」

ナツが囁く。

「急ぐぞ」

目印の楠は、月の光をさえぎって、目の前にその大枝を広げていた。

四

雑木林の入り口に傾いた鳥居があり、そのむこうに縦横二間ばかりの小さな社殿があった。村の鎮守《ちんじゅ》の社であったはずが、手入れする者もなく風雨にさらされて灰色に変色し、まるであばら屋のごとき有様だ。

「なるほど、冬吾がいるとしたらあの社殿の中だろうね」

木陰に身を潜めて社の方角をうかがう周音に、ナツが言う。

「だけどあそこまで行くのは、ちょいと難儀そうだ」

月の光に照らされた境内に、子供ほどの大きさの影が蠢《うごめ》いていた。

餓鬼の群れだ。

骨が浮いて見えるほど痩せた身体に、腹だけが大きく膨《ふく》れあがっている。土気色の肌にまばらな頭髪。手足の爪は長く伸びて、獣のそれを思わせた。まさに地獄図絵に描かれる餓鬼そのものである。

「あれは、社を見張っているのか」

「村人総出で、祭りでもやってるってんじゃなけりゃね」

どうすると訊ねたナツに、周音は素っ気なく、

「隠れる場所もないのなら、このまま行くしかあるまい」

言ってから、ちらと背後に視線を向けた。ざわざわと、風もないのに藪が揺れている。

赤く光る目が、先より距離を詰めて二人を見ていた。

「まずは、あちらが先か」

周音は背筋を伸ばすと、追ってきた餓鬼たちと対峙《たいじ》した。

「――かけまくも畏《かしこ》きいざなぎの大神の――もろもろの禍事《まがごと》、罪穢《けが》れあらんをば祓えたまい清めたまえともうす事を、聞食せとかしこみかしこみももうす」

朗とした声を放った瞬間、ぎゃっと悲鳴があがって藪の中に灯っていた赤い目が消えた。

「何をしたんだい」

「ただの祓詞《はらえことば》だ。少しの間くらいは動きを止められるだろう」

「他にあいつらが泡を食って逃げだすような術でもないのかね」

「現世でもない場所で、神主にできることは限られている。今は呪符しか持ち合わせがないのでな」

「どうせあんた、見かけた相手をきれいさっぱり消すことしか考えてなかったんだろ」

「おまえこそ、あやかしなら妖力のひとつも使ってみせたらどうだ。言っておくが、自分の身は自分で守れ。おまえの面倒までみる気はない」

「おやまあ、つれない男だこと」

そんなことを言い合っているうちに、鳥居に辿り着いた。

二人に気づいて、餓鬼たちの動きが止まる。不気味に赤く光る目が、そろってこちらを向いた。

ぞわり。空気が震えた。境内を満たしてゆくのは、恨みの念か怒りか。立ちのぼる腥い邪気によって、月の光までが昏《くら》く澱《よど》んだかのよう。

次の瞬間、餓鬼の群れが跳ねた。キキ、キキ、と軋むような声をあげながら、周音とナツ目がけて転がるように殺到した。

「行くぞ」

「あいよ」

ナツは片手に提灯を提《さ》げたまま、もう一方の掌にふっと息を吹きかける。つづく動作で、種でも蒔《ま》くように腕を振った。たちまち人間の頭ほどの大きさの火塊が幾つも宙に出現し、餓鬼たちの頭上で舞い踊る。火を嫌い怯《ひる》んで、餓鬼の群れの動きが乱れた。

「幻覚だから、いつまで騙されてくれるか、わからないよ」

「十分だ。ついて来い」

混乱の隙をついて、二人は鳥居をくぐった。目の前の群れの真ん中を裂くように、駆ける。

「かけまくも畏き吾が大神の大前に、慎み敬いかしこみかしこみもうさく」

周音が祝詞を詠じると、鞠《まり》のごとく跳ねて襲いかかろうとした餓鬼たちが、空中で何かを叩きつけられたかのように飛ばされて地に落ちた。

「かく宣《の》らば罪という罪、咎《とが》という咎はあらじものをと、祓えたまい清めたまうともう事のよしを諸々神の神たちにさおしかの八つの耳を振り立てて――」

だが、仲間の身体を踏み越えて、すぐさま次の襲撃がくる。鋭い爪に引っかけられて、周音の着物の袖や袴《はかま》の裾が裂けた。

(やはり)

走りながら、周音は忌々《いまいま》しげに唸った。現《うつつ》から切り離され閉ざされたこの空間では、祝詞の威力も完全ではない。そもそも神力を招請すること自体、ここでは無理な話である。

鳥居から社殿までたいした距離ではなかった。しかし、無数の双眸が不気味な赤い蛍《ほたる》のごとく揺れながら、闖入者《ちんにゆうしや》を幾重にも取り囲む。地面に打ち倒された餓鬼たちも、しばらくすると起き上がって追いすがってきた。ナツがふたたび火塊を放ったが、本物の火でないことに早くも気づかれたか、群れの動きが止まったのは寸の間だ。

それでも二人は、強引に群れを割って足を進めた。立ち止まれば四方から襲われるだけだ。

「天《あま》つ神、国つ神、八百万神《やおよろずのかみ》たちとともに聞食せと――ええい、邪魔だ！」

周音は苛立《いらだ》って拳《こぶし》を固めると、横から飛びかかってきた餓鬼を二、三匹まとめて殴り飛ばした。

「おや、取り澄ましているわりに、やるじゃないか」

猫の身のこなしで群れの中を軽々と縫うように追ってきていたナツが笑った。その口の端から、きらりと牙がのぞく。

「いっそこのほうが早かったね」

言うやいなや、提灯を放り投げた。広げた両手の爪を、瞬時に鋭い鉤のような獣のそれに変えると、行く手を阻む餓鬼をつづけざまに薙《な》ぎ払った。

「ようやく本性をあらわしたか、化け猫め」

「あんたこそ、ご神職が餓鬼を殴り倒すってのはどうなんだえ」

その時だった。境内の騒動とは無縁にひっそりと静まっていた社殿の扉が、ばんと勢いよく開いた。

「早く中に入れ！」

姿を見せた冬吾が、叫ぶと同時に手に握っていたものを餓鬼の群れに向かってざっと撒いた。

地面にばらばらと散ったそれを餓鬼の赤い目が追う。と、次の瞬間、餓鬼の群れは雪崩うつように、それに殺到した。幾重にも重なりあって手を伸ばし、摑み取ろうとし、浅ましく奪いあい、凄《すさ》まじい声をあげて威嚇《いかく》しあう。周音やナツのことなど、もはや眼中にはない。

「今のうちだ、早くしろ!」

呆気にとられていた二人は冬吾の声に我に返り、転がり込むように社殿に飛び込んだ。

「あいつらは、ここには入ってはこない。一応、侵入を防ぐための結界は張ったが、それがなくとも、この中にいる者には危害を加えることはしないはずだ」

冬吾が扉を閉ざすと、狭い空間は青い薄闇となった。壁の破れ目や板の隙間から、月の光が幾筋も漏れ込んでいる。

ふいに音が途切れて、社殿の中にはしんと静寂が訪れた。

冬吾の言葉どおり、餓鬼たちが襲ってくる気配はなかった。それはここが、廃《すた》れたとはいえ神を祀る場であるからか。――それとも、かつて自分たちが救われるための人身御供のための場所であったからか。

「さっき撒いたのは何だったんだい？」

床に座り込んだまま、ナツはやれやれと息をついて、訊ねた。

「米だ。餓鬼を足止めするには、食い物で釣るのが一番だと思ってな」

「米？　どこにあったんだい、そんなもの」

「こちらへ来る時に持ってきたものだ。あと、酒と塩も少々ある。いざという時の役に立つかもしれないと思っていたが、当たっていたな」

「へえ。用意のいいことだね」

呟いてから、ようやくナツは獣の爪と牙を引っ込めた。その手でそそくさと、解けて乱れた髪の先を結い直しにかかる。

「……だったら、もっと早くに出てこい。あの騒ぎで、我々が外にいたことに気づかなかったわけはあるまい」

どうにか呼吸を整えた周音が、尖った声で言った。おかげでこのザマだと、引き裂かれて襤褸《ぼろ》のようになった袂《たもと》をひらめかせた。

「悪いが気づかなかった。さっきまで寝ていたのでね」

「他にやることもなかったしな」

「あんた、もしかして三日間も、ここでただ寝てたんじゃないだろうね？」

「寝ていただと!?」

ナツが呆れたように言うと、冬吾は顔をしかめた。

「三日だと？　そちらではそんなに時間が過ぎていたのか」

まだ一日も経っていないと思ったがと、冬吾は言う。なるほど、時の流れが止まるとはこういうことか。生者の時間までも狂わせる。

「ところで、なぜここにおまえたちがいるんだ。何をしに来た？」

「奇遇にも、私もちょうど今、同じことを考えていたところだ」

なんとも怪訝な顔をする冬吾に、周音は冷ややかに応じた。

あらためて見ても、冬吾は怪我ひとつ負っている様子はない。無事だろうとは思っていたが、本当に無事だとわかると妙に腹立たしい。一体何のために苦労してここまで来たのかと考えると、虚しくもなってくる。

しかも当人はけろりとして「何をしに来た」などとほざくわけで、いっそこのままこの人騒がせな弟を置いて帰ってやろうかとさえ、周音は思った。外に餓鬼がいるのでなければ、本当にそうしていたかもしれない。

「あんたが蔵に入ったきり姿を消しちまったって、るいが大騒ぎしたんだよ。あんたのことをずいぶん心配していた」

それであんたを追いかけて来たのさと、ナツは肩をすくめた。

「店主が店主なら、奉公人も奉公人だな。そろって迷惑このうえない」

周音が吐き捨てると、冬吾も露骨にムッとした顔になった。普段は表情の読めない男が、兄に対してだけはおのれの感情を隠そうともしない。

「おまえに助けてくれと頼んだおぼえはない」

「ないだろうな。子供の頃から一度たりと。――だったら、わざわざうちに押しかけてきて廊下の柱にしがみつくような真似はするなと、あの娘に言っておけ」

「なんだ、それは？」

「言ったとおりの意味だ。たとえ頼まれたっておまえに手を貸す気はなかったが、あの娘が柱を摑んだままおまえがいなくなったから捜してくれと泣きながら懇願するから、仕方なしにここまで来てやったんだ」

実際にはるいは泣いてはいなかったが、意地悪くそう言ってやった。少しは申し訳なく思え、ということだ。……まあ、今にも泣きだしそうな顔に見えたのは本当だ。

「るいが……」

さすがに、冬吾はばつの悪い表情になった。あいつはすぐに泣くからと、小さく呟く。

「だいたいが、おまえには他人への気遣いというものが欠落しているんだ。あやかしに対しては無駄に親切なわりに」

「おまえの言い方は、いちいち嫌味だな」

「おまえにだけは気を遣うつもりはないのでな」

「――はいはい、そこまでにしとくれ」

ナツがぱん、と手を鳴らした。

「放っておきゃいつまででもやってるんだから。二人ともいい歳をして、顔を合わせるたびに兄弟仲良くケンカをするのはよしとくれよ」

「誰が」「仲良くだと？」「私はこの男が」「心底、嫌いなんだ」と、息のあった反論をしてから、兄弟はそろってふんと互いに顔をそむけた。

「今回はあんたの分が悪いよ、冬吾。いくら気づかなかったとはいえ、あんたは三日も行方が知れなかったんだ。それであたしらが心配しないわけがないだろう。蔵で何をする気だったのか、一言くらい先に言っておいてくれればよかったじゃないか」

「……すまん」

そこは責められても仕方がないわけで、冬吾は素直に詫びた。

「じゃあ、教えとくれ。――あの蔵から逃げたのは、一体どんなあやかしなんだい？」

言葉を選ぶように一呼吸おいて、冬吾は周囲に首を巡らせる。社殿の壁のむこうにあるものを見回すように。

「壺が割れていたのは見たか」

ああ、とナツはうなずいた。

「あんたが蔵の中で他の器物を落ち着かせるために香を焚いたのも知ってる。よほど凶悪なやつらしいね。で、そいつは今、どこにいるのさ」

「我々の目の前だ」

その返答に、周音とナツは怪訝に冬吾を見返した。

「わかるように言え」

「……つまり、私やおまえたちがここへ来てこれまでに見てきたものだ」

飢えて餓鬼となった村人たち。天空にあって動かない月。杭によって封鎖されているという村。廃れ、荒《すさ》み、おぞましいその風景、光景のすべてが。

「現世と切り離された、我々が今いるこの場所こそが、あの壺の中に封印されていたあやかしなんだ」


くだんの壺は、先代のキヨの時にはすでに蔵の中にあったのだという。巡り巡っていつ、いかなる経緯によって九十九字屋に持ち込まれたのかは、キヨは語らなかった。それは冬吾が知る必要のないことだったのか、あるいはキヨも知らぬことだったのかもしれない。

だが、その壺が何であるかは代替わりの際にキヨから懇々と説明されたと、冬吾は言った。——それほどに、それは細心の注意を払って扱わねばならぬ怖ろしいモノであったのだ。

「怖ろしいというのは、やはり人間を害するという意味でか?」

周音は眉をひそめた。あやかしが必ずしも姿かたちのさだまったものではない、というのは理解できる。だが、この場所そのものがあやかしだというのは……はからずも彼が最初に考えたとおり、何者かの悪意の夢の中に放り込まれたと思っておけばよいのか。

「そうだな。もともとその目的でつくられたモノだった」

「つくられた？」

そうだと、冬吾は淡々とうなずいた。

「この村がなぜ封鎖されたかは、わかるか？」

「鬼が逃げ込んだから、丸羽と呼ばれていた領主がその鬼を引き渡すまで村人を外に出さないよう命じたという話だが」

周音が言えば、冬吾はおやという顔をした。

「誰から聞いた？」

「餓鬼になるのをまぬがれた村人からだ。そのうちの一人には会っているだろう。おまえがのこのこと餓鬼どもに捕まりに行くのを引き留めようとした、若い男だ」

ああ、と冬吾は思い当たった顔をした。

「ならば話は早い」

「どう考えても、領主の言いがかりだよ。鬼なんて、端から村にはいやしなかったんだろうからさ」

ナツが横座りになって、片方の肩をすくめる。

「そのとおりだ。鬼の話は、領主が領内の民におのれの行いを知られた時に、納得させるための方便にすぎなかった。この村が鬼に呪われているとでも噂を広め、本来の目的を隠蔽《いんぺい》したんだ」

「本来の？　領主は何がしたかったんだい？」

「人間の恨みや苦しみといった負の念は、時に凄まじい力を持つ。死者の怨念が生きている人間を破滅させることさえあるというのは、我々も生業《なりわい》としてこれまで見てきたことだ。もしそれが、一人二人ではない、もっと多くの人間の怨念の集まりであったら、どうなるか」

冬吾は淡々と言葉を継いだ。

「丸羽と呼ばれた領主は、それを利用して強力なあやかしをつくりだし、おのれの護《まも》りにしようとしたんだ。あわよくば、あやかしの力を使って戦の世で成り上がろうという魂胆もあったかも知れん」

「しかし、そんなモノをどうやってつくりだすと――」

言いかけ、周音はぞっとして言葉を呑んだ。

どうやって領主は、あやかしの素材である、多くの人間の恨みや苦しみを引きだしたか。それは例えば、ひとつの村の住人を閉じこめて、じわじわと飢えと絶望のうちに死に至らしめれば……。

「おそらく領主自身が呪術に手を染めたか、さもなくばその類の邪《よこしま》な術を知る人間が身近にいたかだろう。村人が死に絶えたあと、その骸《むくろ》を燃やして灰と骨と、村のあちこちの土を練り合わせたものを、あやかしの本体にしたそうだ」

かつての戦の世の話だ。

上の者は天下の覇権を虎視《こし》眈々《たんたん》と狙い、下の者は戦火に怯え弱者というだけで蹂躙《じゅうりん》されていく、そんな時代の出来事だった。

それでも。

――あなた様こそが、鬼でありました。

弥兵衛の言葉が、周音の耳によみがえる。

「酷《むご》いね」

ナツがぽつりと呟いた。

「じゃあ、壺の中にいたのはそのあやかしなんだね？」

だが、冬吾は「いいや」とあっさり首を振った。

「術が完全ではなかったか、手順に間違いでもあったのか、結局、領主はおのれの手であやかしをつくりだすことには失敗したらしい」

「失敗しただと？」

「失敗したって？」

周音とナツはとっさに声を揃え、互いに顔を見合わせた。

「少なくともそれは、領主が望んだモノにはならなかった。領主がその後どうなったかはわからないが、まあ、ただではすまなかっただろうな」

おそらくは禁忌《きんき》であった術に手をだし、あまつさえ失敗した。その報いとして悲惨な最期を迎えたことだろう。呪術を操るというのは、それほど大きな代償を払わねばならないことなのだ。

丸羽の旗印を持つその領主の名も、どこの領地を治めていたのかも、記録には残っていないという。まるで意図的に消し去られたかのように。――否、抹殺されたのだ。この村で起こった忌まわしい出来事とともに。

「だから、こうして今私が語っている話は、壺の中身を引き継いだ者だけに言い伝えられてきたことだ。後世、そのいわくも何も知らされずにそれを解放してしまう者がいては、まずいからな」

「つまり、どういうことだ」

周音は声を尖らせた。声に含んだ怒りは、冬吾に対してのものではない。

愚かな領主が死んだのは、当然の報いだ。人間がみずからの手であやかしをつくりだすなど、あってはならないことだ。

だが、それでも。――それでは、村人たちは何のために無惨に殺されねばならなかったのかと、周音は思う。

先ほど言葉を交わした弥兵衛と五助、ハヤの顔が脳裏にちらついていた。

（馬鹿なことだ）

もう何度目か、これだから亡者と係わってはならないのだとみずからに言い聞かせ、周音は胸の痛みを振り払うように、首を振った。

どういうことかと、もう一度冬吾に嚙みつく。

「あやかしをつくることに失敗したというのなら、壺の中には何がいた？　我々が今いるこの場所こそがあやかしだと、おまえは言ったではないか」

待っとくれと、ナツはハッとしたように身を乗りだした。

「領主が望んだモノにはならなかった——ということは、失敗作は残ったってことかい？」

そうだと、冬吾はうなずいた。

「人間の恨みと苦痛を練り合わせたうえに呪力をこめて、何倍にも増幅させたモノだ。なまじ、なりそこないであったからたちが悪い。そのあやかしは、もはや術を施した人間ですら制御できるものではなかったそうだ」

人の目には見えぬそのあやかしを、人々は祟りとも呪いとも呼んだ。

何年もの間、あらゆる災厄が領地を見舞った。山際の村里は頻繁に起こる山津波に巻き込まれ、平地の村落は氾濫《はんらん》した川の水に呑まれた。穀物は実を結ばず、原因不明の病が蔓延《まんえん》した。くだんの村のあった場所に踏み込んだ者はほとんどが戻らず、わずかに生き長らえて帰ってきた者は気が触れていた。

人々は領地から逃げだし、他国の兵たちですらその土地に攻め入ることを怖れて避けたというから凄まじい。

領民たちを救ったのは、一人の僧であった。

旅の途上でたまたま領地を訪れたその僧は、事の次第を知ると長い時間をかけてあやかしと対峙し、それを鎮《しず》めた。

あやかしの力が衰えたことによって、災厄は去った。山津波も川の氾濫もなくなり、領地にふたたび穀物が実を結ぶようになった。病は治まり、一度は散った人々が領地に戻ってきた。

だが、恨みは残った。いかに弱らせ力を削ごうと、あやかしの素となった村人たちの嘆きと苦しみだけは、けして消え去ることはなかったのだ。それはまるで、灰の中でも燃えつづける埋《うず》み火《び》のようなもの、灰を取り除き息を吹きかければまた熾火《おきび》となって赤く激しく燃え上がる。

「だから、封印するしかなかったんだ」

おのれが伝え聞いたことを、冬吾は目の当たりにしたかのように、淡々と語りつづける。

「僧は呪いをこめた壺に死んだ村人たちの怨恨を封じ込んだ。——あの壺の中に入っていたのは、恨みの根となったこの村の土だ」

冬吾が口を閉じると、社殿の中にはふたたび静寂が訪れた。

やがて、周音は小さく息を吐いた。苦いものを吐き出すように。

「それで。おまえはどうするつもりだ？　壺が割れて中にいたモノが逃げだしたというのは、相当まずいことだろう」

「まあ、まずいだろうな」

「ここの連中の恨みをもう一度封印する方法はあるのか」

「封印するつもりはない」

なんだとと、周音はまず呆れる。すぐに冷ややかな怒りの目を冬吾に向けた。

「まさかと思うが、この期《ご》に及んでおまえは、あやかしに同情するというのではないだろうな」

「なら訊くが、おまえのやり方で片っ端から祓うか？　そんなことをしても恨みは消えんぞ」

兄弟は睨みあった。

「ねえ、冬吾。ひょっとしてあんた、自分から鬼の役を引き受けたのかい？」

ナツが素知らぬ顔で割り込む。

「どう見ても、捕まって閉じこめられたって様子じゃないからね。米なんて持ってきていたのも、ここに餓鬼がいることが最初からわかっていたからだろう。あんたが他に何を知っているのかなんてあたしらにはわかりようがないんだからさ、せめて何の算段をしているのかくらいは教えとくれ」

冬吾は周音から視線を逸らせると、肩をすくめた。

「鬼の役目を引き受けると言えば、餓鬼は襲ってはこない。集落の入り口で大声でそう宣言してやったら、連中は私をここへ連れてきた。領主に引き渡すための大切な人身御供だから、それなりに大切に扱うというのが、村人たちの生前の決まり事だったのだろう」

「へえ。だったらあたしらも、鬼になると一言餓鬼たちに物申せばよかったよ」

そうすりゃここまでたどり着くのにさっきみたいな苦労をせずにすんだのじゃないかと、ナツは顔をしかめる。

「かもしれんな」

「だからと言って、おまえが鬼になったところでどうなるというのだ。引き渡すはずの領主はとうの昔に死んでいるのだぞ」

周音が苛立って、ふんと鼻を鳴らした。

その時だった。

腹の底に響く、重い地鳴りのような音が社殿の外、いやもっと遠くから聞こえてきたのは。

「どうやら、迎えが来たようだ」

音に耳を澄ませ、冬吾は眼鏡の奥の目を細めた。

「迎えだと？ ……何だ、この音は？」

「扉が開いたのさ」

村の囲いには一箇所だけ、外から閂《かんぬき》をかけられた扉が設けられていた。その扉が開いたのだと、冬吾は言った。

「村で鬼が捕まったと報せがいけば、領主のもとから役人がやって来る。その時だけ、囲いの扉が開くことになっていた」

「こんな音がするものかね。あたしはまた、地の底で地獄の釜の蓋が開いたのかと思ったよ」

ナツが二の腕を撫でながら呟く。

どろどろと、地を揺するような響きはまだつづいている。ここへ来てから、村を囲って打ち込まれた杭など、周音もナツも目にしていない。遠方はおぼろに霞《かす》む月明かりの下、山肌に溶け込んでいるのか、周辺の雑木林に紛れているのか。それとも現世の者の目には見えないものなのか。いずれにしても、扉がこの近くにあるとは考えられない。なのに、社殿の壁までも震えるほどの、この不気味な轟《とどろ》きは何なのか。

「この場所で我々が見るもの聞くものは、すべてここの連中がおのれの目で見て、耳で聞いているものだ」

彼らには扉を開く音はこう聞こえているのだ——と、冬吾は言う。

「領主に係わるすべてのものが、よほどに怖ろしく憎いのだろうな」

ふいに、轟きがやんだ。

かわって息苦しいほどの静けさが訪れた。まるで空気そのものが、ずしりと重みを増したかのような。

沈黙を破るのを躊躇《ためら》うかのように三人は口を噤んでいたが、やがておそるおそるというように、ナツが囁いた。

「で、何が来るんだい？　まさか本当に役人があらわれるわけじゃないだろうね」

「何だろうな。私もそこまではわからん」

冬吾が首をかしげたとたん。

だん、と社殿の扉が鳴った。何者かが大きな拳で力一杯叩いたように、朽ちかけた木の扉がぎしりと軋んで内側にたわむ。

だん、だだん、と二度三度、激しく打ちつける音は響いて、ぱたりと途切れた。

さて、と冬吾は立ち上がった。

「何者が来たのか、見てみるとするか」

五

「そりゃね。どうせろくなもんじゃないと思っていたけどさ。——まさかここまでとはねえ」

社殿の扉を左右に開き、外に踏み出す前に境内に目をやって、まずナツが呆れたように言った。異様だとか驚愕《きょうがく》したとか、そういうことは一瞬で突き抜けて、なんだかもう滑稽《こっけい》だと言わんばかりだ。

一見、それは大地から揺らぎ上がった黒い渦のようであった。その渦の中心が天ではなく、こちらを向いている。目を凝《こ》らし、そのかたちが何であるかに思い至った瞬間に、それは明確な輪郭を持った。

口、であった。

境内の真ん中に、近辺の掘っ立て小屋のような家々のゆうに倍はありそうな、巨大な口が、口だけがぱっくりと開いていたのだ。

人間のものではない。獣のそれとも違う。漆黒《しっこく》の牙をぞろりと剝《む》きだし、それを時おりがつりがつりと嚙み合わせる。黒く長い舌がそのたびに、別の生き物であるかのように波打って見えた。その一連の動きが、見る者に刹那《せつな》、黒い渦が巻いているかのように錯覚させたのだ。

さらに口の奥には、どこに通じているかもわからぬ闇が広がっていた。清《さや》かに青い月明かりもそこまでは届かない。

餓鬼たちはことごとく、境内から姿を消していた。逃げ散って、それでも遠巻きにこちらをうかがっているのがわかる。そばの林がさわさわと鳴り、枝葉の隙間で赤い蛍の群れが飛び交うように彼らが目を瞬《しばたた》く様が見てとれた。

あのさと、ナツが視線を巡らせて言う。

「それで結局のところ、これは何が来たんだろうね？」

「鬼を引き渡すはずの役人か、それとも領主そのものか。あるいはその両方か。いずれにせよ、村人たちにとって扉を開けて外からやってくるものは、自分たちを苦しめた恐怖の象徴だ」

「餓鬼どもには、相手があのように見えているというわけか」と、周音。

人間の姿すらしていない。ただただ自分らを貪《むさぼ》り喰う異様な、醜怪な、牙を剝いた巨大な口。

これが、彼らにとっての丸羽様であったのか。

「そのとおりだが、あれは村人たちがおのれでつくりあげた幻だ。しょせん、実体ではない」

「実体ではない？」

「じゃ、襲ってはこないのかい？」

それは試してみなければわからんと、冬吾は肩をすくめた。

「自分たちが救われるためには、鬼を捕らえなければならない。鬼を捕らえれば扉が開いて、それを引き渡す相手があらわれる。――村人たちは今も、生前のその記憶にとらわれたままなのさ。だから、自分らが捕らえた者が本当に鬼であると領主が認めるまで、村は解放されないと思い込んでしまっている。その思いが自分たちをがんじがらめにして縛りつけてしまっているとは、気づいていないんだ」

――妄執でございましょう。

ふたたび、周音の脳裏を弥兵衛の言葉がよぎった。

――あのような浅ましい姿になり、おそらく人であった時のことは何も覚えてはおらぬであろうに、それでも皆、鬼を差し出せば救われるという一念だけは消えず残っておるのでしょう。

「妄執か」

周音が呻くと、冬吾は深くうなずいた。

「その彼らの妄執こそが、このあやかしの正体だったんだ。祟りを収めた僧の力をもってしても消すことができなかった、村人たちの恨みや苦しみや飢えの記憶は――おそらく、他人の力ではどうしようもないものだ。彼ら自身が年月とともに少しずつ薄れさせて、納得して、そうしてはじめて彼岸へ向かうのを待つしかないものなんだ」

だが村人たちは、みずからの妄執に自分らを閉じこめてしまった。時が流れることのない、この空間に。それゆえ、彼らの苦しみは癒《い》えることはないのだと、冬吾はやるせなく言う。

丸羽様はもういないのだ、村を囲う杭はもうないのだ。それどころか自分たちがとうに人間としての命を失っていることに気づかぬかぎり、彼らはこの永遠の夜にみずからを閉じこめたままでいるしかないのだと。

「村人たちを妄執から解き放つには、本物の鬼を捕らえたと信じ込ませるか、あの口だけの幻をこの場で消し去って領主が死んだことをわからせるか、どちらかだ」

なるほど、それで……と、周音はようやく合点がいった。逃げたあやかしを封印するつもりはないと言ってのけたこの弟は、村人たちの亡魂《ぼうこん》を彼岸に渡すために、みずから鬼の役目をかってでたのだ。

(やはりこの馬鹿は、子供の頃のままだ)

眉間に皺を刻んだ周音の傍らで、ナツが怪訝そうに首をかしげた。

「だけどどうやって、あんたを本物の鬼だと思わせるのさ」

「まあ、やるだけやってみよう」

冬吾は懐から人のかたちに切った紙を取りだす。何やら複雑怪奇な文字が書かれているそれに、帯にたばさんだ矢立《やたて》の筆で「鬼」と一文字加えてから、掌にのせ、ふうっと吹いた。

「そりゃ、なんだい？」

「身代わりのヒトガタだ」

紙は宙に浮き上がると、風もないのにひらりひらりと境内に漂いでて、そのまま巨大な口の中に吸い込まれていった——かに見えた。次の瞬間、がつりと音を立てて嚙み合わされた漆黒の牙が、ヒトガタを引き裂き、千々《ちぢ》のかけらに変えた。

「おや、気に入らなかったみたいだね」

「呑み込んでそのまま消えてくれればよかったのだが。……さすがに、簡単には騙されてくれないか」

さほどがっかりした様子もなく、冬吾は肩をすくめた。

「村人たちの目には、あのヒトガタは鬼に見えていたはずだった」

今も遠巻きにこちらをうかがう餓鬼たちには、ヒトガタは怖ろしげな異形の姿に見えていたのだと言う。

「へえ。角が生えて、筋骨隆々とした、草紙に出てくるような鬼の姿にかい？」

「さあな。彼らが思い描く鬼だろう」

それでも納得しないのは、村人たちが何度鬼を領主に差し出しても、裏切られたからであろう。

「まったく、根が深い」

言いながら冬吾は社殿を出る。ナツが慌てて「お待ちよ」と声をかけた。

「何をする気だい？」

「身代わりが効かないなら、私が自分で相手をするしかあるまい」

「まさか自分から口の中に入る気じゃないだろうね」

「むざむざ喰われてやるつもりはない。さすがに命は惜しいからな」

しかし、腐りかけた小さな段を下りようと足を踏みだしたところで、冬吾は後ろから襟首を摑まれ、そのまま乱暴に引き倒された。

「何をする⁉」

床に尻をついた格好で驚いて見上げると、周音が怖い顔で彼を睨んでいた。

「おまえは馬鹿か。いや、馬鹿なのは承知の上だが。あやかしに不用意に近づくなと、何度言ったらわかる」

「あれ自体は幻だ」

むっとして言い返すと、着物の裾を払って冬吾は立ち上がった。

「だから何だ。実体はなくとも、危険であることにかわりはない。昔からおまえには、あやかし絡みで迷惑をかけられてきたんだ。その歳になってもまだ懲りずに、私を面倒事に巻き込む気か」

「その分、おまえは腹いせに私をさんざん苛めたじゃないか」

こちらこそ恨み骨髄だと、冬吾は言い返す。

「だいたい何だ、面倒事とは」

「万が一のことがあっておまえを無事に連れ戻すことができなければ、あの娘がまた大騒ぎをするだろうが。そうなってみろ、うるさくてかなわん」

るいのことを言われて、冬吾は言葉に詰まった。周音が言うほど無鉄砲な真似をするつもりはなかったが、渋々と認めた。

「……なるほど、それは面倒だな」

ふんと周音は高らかに鼻を鳴らした。

「相手にのこのこ近づいていく前に、少しは頭を使え」

袂をさぐって取りだしたものを、冬吾の手に押しつけた。

こちらへ来る時に持ってきた、鯉を象った根付だ。受け取って、掌に転がしたそれを見つめ、冬吾は怪訝な顔をした。

「私の根付だ。どうしてこんなものを」

「ほどよくおまえの気を帯びているからな。いざとなれば、使い途《みち》はいろいろあると思ったまでだ」

「これは気に入っている品なんだぞ」

冬吾の文句に、周音は意地悪くニヤリとした。

「おまえの趣味はよくわからんが、それならなおのこと、けっこうなことだ。ヒトガタよりは役に立つだろう」

「鯉がか？　どうしろと」

「知るか。そこは自分で考えろ」

冬吾はため息をつくと、ふたたび根付に目をやった。しばし思案顔でいてから、

「周音」

「手伝わんぞ」

「直接、手を借りるつもりはない。呪符を何枚かもらえるか。——おまえのやり方は気

に入らないが、今回だけは見習うとしよう」

ほどなく、冬吾は社殿を出た。牙を打ち鳴らす真っ黒な口に向かって、ゆっくりと歩み寄っていく。

社殿の段に腰かけてその様を見守るナツが、傍らの周音にちらと横目をくれた。

「冬吾が、珍しく素直にあんたに甘えたね」

「あれのどこが素直だ」

くだらないことを言うなとばかりに、周音は顔をしかめた。

「だってさ、あんたの前じゃまるで意地を張った子供みたいになるじゃないか」

「子供みたいになるんじゃない。あいつは、子供の頃のままなんだ」

「そうかい」

ナツは笑みの零《こぼ》れた口もとを、そっと袖で押さえた。

「そういうあんただって、かまいたくてしょうがないみたいだけどね」

「冬吾を苛めるのは面白いからな」

ただし、と周音は、冬吾が対峙する巨大な口を見つめたまま、鋭く目を細めた。

「あやかしになぞ、その権利はない。あいつを苛めていいのは私だけだ」

境内に出た冬吾は、やがて足を止めると、ぐるりと周辺を見回した。

「よく聞け！」

声を張り上げた相手は、林の中に潜んで彼の動きを見つめている餓鬼たちだ。

「丸羽様は死んだ。村を囲う杭も、すでにない。――おまえたちは、もう誰にも止められることなく、自由に村を出ることができる」

寸の間の静寂の後に、ざわっと林の木々が騒いだ。無数とも思える赤い光の点が、激しく瞬《まばた》きを繰り返している。

がつん。冬吾の目の前で、漆黒《しっこく》の牙が激しく打ち鳴らされた。巨大な口が目まぐるしく縦横に開閉し、そのたび、がつんがつんと怖ろしげな音が鳴り響いた。あたかも、怒り狂った獣が泡を吹いて相手に噛みつかんとするかのようだ。

「そうか。信じられないか」

冬吾は平然としたものだ。

「ならば、今この場で私が証明してやろう」

そう言い放つと、右手を大きく後ろに引き、口の中で何事か唱える。つづいて、手に握っていた根付を、頭上へと高く投げ上げた。

寸の間、小さな根付は真上の月と重なって見えなくなった。その場のすべての視線がそれを追って釘付けになった、次の瞬間。

月の光を遮って、やはり家ひとつ分はあるかと思うほどの大きな影が、空中に出現した。

尾鰭《おひれ》を打ち、身をくねらせるたび、青白い月光を映して鱗《うろこ》がきらきらと輝く。悠然と水の中を泳ぐごとく空に浮くそれは、巨大な鯉であった。

「今さらだが、他に根付はなかったのか？」

眺めて、周音は唸る。

「あったけどさ。茄子と招き猫だよ。そっちのがよかったかい？」

「…………」

束の間ナツを見つめてから、周音はそれ以上は何も言わずに、夜空に浮かぶ鯉に視線を戻した。

冬吾は右手を天に差し上げてから、大きく腕を振って目の前の口を指差した。その動作に導かれるように、鯉は身をひるがえす。空中でぐんと頭を下げると、牙を剥く口を目がけて、突進した。

がっと開いた口が、体当たりをくらわせた鯉に嚙みついた。その背に腹に、容赦なく牙を突き立てる。鯉は尾をうねらせ、地面を薙《な》ぐように暴れた。鯉をくわえ込んだ口が、その力に圧《お》されてめりめりと上下に裂けていく。

しばらく激しい攻防がつづいた後に、勝負はついた。食い込んだ牙が、ついに鯉の胴を嚙みちぎったのだ。またたく間に鯉の頭と胴体の半分が口の中に呑み込まれ、まだばたばたと尾が動いている残り半分も、口の奥の底知れぬ闇に吸い込まれて消えた。まるで岩を粉砕するかのような不気味な咀嚼音《そしやくおん》がひとしきり、あたりに響き渡った。

しかし、おのが術によって出現させた鯉が喰われてしまっても、冬吾の表情は変わらない。平然とその場に佇んでいる。

「美味《うま》かったか？」

やがて咀嚼をやめた口に向かって、冬吾は静かに言った。

「だが、残念だったな」

月光が白々と降り落ちる境内に、奇妙な静寂が訪れていた。

口のかたちをした黒い幻は、ひたと動きを止めていた。打ち鳴らす牙の音も、もう聞こえない。

牙と舌の奥にのぞく闇の中で、燐《りん》に似た青い輝きがぽうと灯った。と、見る間にそれはめらめらと燃え広がり、高らかな炎となって口全体を包み込んだ。

熱もなく音もない青い炎塊の中で、もろもろと幻が砕けてゆく。輪郭が崩れ、牙であったもの、舌であったものが小さく縮んでいき、そうして——。

炎が消えるとともに、巨大な口も跡形もなく消えうせていた。


地面には木《こ》っ端《ぱ》と砕けた根付のかけらと、少量の灰が残っていた。細い紙縒《こより》にして根付に巻きつけてあった呪符が、燃え尽きたものである。

それを一瞥し、冬吾はふたたび、餓鬼たちが身を隠す周囲の林に向かって強く声を放った。

「丸羽様はもういない。おまえたちを苦しめる者は、消えてなくなった。もう、鬼を捜して差し出す必要はない」

林の枝葉はこそとも音をたてなかった。餓鬼たちもまた、動きを凍らせてしまったかのようだ。冬吾を凝視する赤い目は、もはや瞬きもしない。

「信じるかねえ。信じりゃいいけど」

自分の膝に頬杖をついて、ナツが低く呟いた。

「……昔、一本の木のそばから離れようとしない犬を見たことがあってさ。どうやら子犬の時から、縄でその木に繋がれていたらしいんだ。誰かが可哀想に思って、縄を外してやったけど、犬はそこから動かないっていうんだ。自分を縛る縄はもうないのに、どこへでも好きなところへ行けるってことが、どうしてもわからなかったんだろうね」

周音は小さく息を吐くと、頭上の月を睨んだ。

もしも餓鬼たちが冬吾の言葉を信じなければ。すでに恨みとすら認識していないであろう、その妄執を消すことができなければ。

自分たちでつくりだし、閉じこもってしまったこの永遠の夜――あやかしもまた、消えることはないのだ。

その時。

か細い声が耳に届いて、周音はハッとした。

「……春吉……キク……！」

声の出所を見れば、鳥居の向こう側に小さな人影があった。

あれはと、周音は訝しげに目を凝らす。

ハヤだ。

(なぜあの娘が?)

今度はもっとはっきり、声が聞こえた。

「春吉、キク、おいで、ねえちゃんはここだよ!」

ハヤは口のまわりを手で囲って、痩せた身体から声を振り絞るようにして叫んでいた。

弟と妹の名を呼んでいるのだ。

「ねえちゃんと一緒に行こう。とうちゃんとかあちゃんが待ってるよ。一緒に、仏様のところへ行くんだよ……!」

あの子まさか――と、ナツが呆気にとられたように呟いた。

周音もまた、驚いて目を瞠る。

まさか。

(知っていたのか? 自分がすでに生者ではないと……)

先ほど話した時には、ハヤはそんな素振りを一切見せなかった。もしや弥兵衛と五助も……と考えてから、周音は首を振った。あの二人は、自分たちが亡者であることに気づいてはいない。それは確かだ。彼らの言葉は、嘘でも芝居でもなかったろう。

では、ハヤだけが、どうしてか気づいていたというのか。

「村のまわりに杭なんてないよ。もうとっくにないんだよ。春吉、おいで。キク、おいで。見張ってたやつらもいないよ。もう、怖くないよ」

だからねえちゃんと一緒に村をでようと、ハヤは懸命に呼びつづけている。とうちゃんかあちゃんに会いにいこう、と。

静まり返っていた林の一角が、ふいにさわさわと音をたてた。と、小さな黒い影がふたつ、梢から地面に転がり落ちた。

境内の月の光の中にあらわれたのは、二匹の餓鬼だ。何かを探すように、しきりにあたりを見回している。

そうして、鳥居の向こうに人影を認めるやいなや、そちらへと獣のごとくに駆けだした。

周音は息をつめた。傍らでナツも腰を浮かせる。

(大丈夫か⁉)

「春吉！　キク！」

ハヤが両腕を大きく広げた。

不格好な手足を動かして駆けていく餓鬼の目から、赤い光が消えた。ぱたぱたと軽い足音が響いた。いつの間にか、二匹の餓鬼は立ち上がり二本の足で走っている。柔らかなふくらはぎが交差するのが見えた。その身体の輪郭が、ふっくらと丸みをおび、そして――。

「ねえや！」

「ねえや！」

腕の中に飛び込んだ幼い弟妹を、ハヤは抱きしめた。

ほっと息をつき、周音がふと視線を転じると、冬吾はいまだ境内に佇んだまま空を見上げていた。

つられて周音も頭上に目を向ける。

「月が……？」

それまで天空に据えられたように動かなかった丸い月が、西の地平へと傾いていた。

とまっていた時間が、流れはじめた。

六

あたりには鬱蒼と木々が茂っている。

周音と冬吾、ナツの三人がいるのは、あやかしを追ってここへやって来た時に、最初に立っていた樹林であった。

真上にあった月が低く位置を変えたために影が生まれ、三人の周囲は足もとも見えぬ闇に沈んでいた。それでも迷うことなく歩くことができたのは、ナツが明かりの代わりにと空中に幾つも出現させた鬼火のおかげである。人の拳ほどの大きさのそれは、三人の頭より少し上をくるくると回って飛びながら、その行く手を橙《だいだい》色の光でぼんやりと照らした。

「……鬼火にこんな使い途があるとはな」

注意深く地面の木の根をよけて歩きながら、周音が感心するより呆れるというように首を振る。

「文句があるのかい。あたしは暗闇でも目が見えるからいいけどね。あんたらはそうはいかないだろ」

言葉どおり、こちらは危なげなく先を歩きながら、ナツが言い返した。

「さすがに、化け物なだけのことはある」

言ってから、周音はつけ加えた。

「皮肉ではないぞ」

おや、とナツはくつくつと喉を鳴らした。

「拍子抜けだね。あんたに褒められるなんてさ」

周音は顔をしかめると、今度は後ろにいる冬吾に声を向けた。

「それで、おまえはどうして、我々について来るんだ」

「私を連れ戻しに来たんじゃないのか？」

指先でそばを飛ぶ鬼火と戯《たわむ》れながら、冬吾は平然と返した。

「まさか自分で戻る方法を考えていなかったわけではあるまい」

「むろん、あちらへ帰る算段なら幾つもあるさ」

「だったら一人で帰れ」

「手順が些か面倒なものでな。それに、私がおまえと一緒に戻らなければ、るいがまた騒ぐぞ」

周音は舌打ちした。

「いちいちあの娘を引きあいに出すな」

「先にるいのことを言いだしたのは、おまえのほうだろうが」

などと言い合っているうちに、目的地に着いた。あやかしの逃げ路を抜けて降り立った、まさにその場所である。

周音が口の中で何事か唱えると、暗い空のどこかでぴぃんと糸を張るようなかすかな音が響いた。

つづいて、空中からするすると目の前に垂れ下がってきたのは、柳の枝である。こちらへ来る直前に、周音が蔵の中に用意しておいたものだ。

枝を手繰ろうとして、周音はふと手を止めた。

彼がたった今、来たばかりの方角に視線を投げたのを見て、冬吾が何かというように首をかしげる。

「結局、村の連中は領主がもういないということを、納得したのか？」

「多分な」

「だが、ハヤの弟と妹以外は、餓鬼のままだ」

三人が神社の境内を去る段になっても、餓鬼たちは周囲の林の中から出てこようとはしなかった。人の姿に戻ることもなく、木々の梢にしがみついたまま、ただ呆《ほう》けたように彼らを見送っていた。

「長い恨みだ。すぐに消えるものではない」

ハヤの弟と妹は、まだ幼かった。子供の魂は軽いぶん、大人たちほど執着や妄執に凝り固まってはいなかった。ましてや一緒に行こうという姉の言葉を、疑うわけもなかった。

「自由に村を出てどこへでも行けるとわかってさえいれば、いつかは彼岸《ひがん》へも渡ることができるだろう。少しずつ自分たちを縛っていた恨みや苦しみから解放されて、人であった頃の心を取り戻していけば、な。……しかしそれは、彼ら自身にしかできないことで、私にできるのはここまでだ」

「時間がかかりそうだな」

「それでも、ここに閉じこもっていた年月よりはずっと短いだろうよ」

少なくとももう永遠の夜の世界ではないのだから。

——冬吾は空を見上げて、言った。

一緒に見上げた周音とナツの目にも、今まで深い藍の色に閉ざされていた空が、わずかに透き通ってきたように見えた。夜明けの兆しだろうか。ならば、もう幾ばくもせぬうちに朝がくる。

ふと、周音は先に見た光景を思いだした。

餓鬼たちを残して鳥居をくぐり、少し歩いてから振り返ると、その鳥居の前に弥兵衛と五助、ハヤが立っていた。弥兵衛と五助はこちらに向かって頭を下げ、ハヤは両脇に弟と妹を抱き寄せたままそれよりさらに深く身体を折った。

五助はいつか、父親と会うことができるだろうか。弥兵衛が彼岸へ渡るのは、おそらく村人たちをすべて見送った最後であろう。——それは一体、どれくらい先のことなのか。

「村人たちが皆いなくなれば、このあやかしも消えるのか」

周音が問えば、そうだと冬吾はうなずいた。

「それまではどうする。また蔵の中で封印するのか」

「いや。その必要はない。現世にあらわれることは、もうないだろうから」

と、その時、三人の周囲をくるくると飛び交っていた鬼火が、いっせいに消えた。とたん、視界が闇に変じた。

「もういいだろ。早く戻らないと、るいが待ちくたびれちまうよ」

暗闇の中、ナツの目だけが金色に光っている。いつもなら闇夜に浮かぶあやかしの目など見ても不快なだけだが、ナツのそれはなかなか綺麗だと思ってから、周音は声を尖らせた。

「急に消すな。何も見えんだろうが」

「それなら手を添えて引いてあげようか」

金色の目が、からかうように細くなった。見えぬはずの白い手が、闇の中でしなりと動くのを見た気がした。

「いい。いらん」

周音はとっさに首を振って、手探りで柳の枝を摑んだ。冬吾とナツがそれに倣《なら》うのを確かめて、小声で呪《しゅ》を唱えた。

次の瞬間、足もとの地面が消え、身体が強い力で上へと引かれた。巨大な月が視界いっぱいに広がり、その眩《まぶ》しさに思わず目を閉じて――。

次に目を開けた時、三人は柳の枝をそれぞれ握りしめたまま、蔵の中に立っていたのだった。

「冬吾様――――！」

裏庭を箒で掃いていたるいは、蔵の扉が開いたのを見て、その箒を放りだした。外に出てきた三人に素っ飛んで駆け寄ると、

「ご無事ですかっ？　お怪我はありませんかっ？　周音様とナツさんもっ、大丈夫でしたか⁉」

息を大きく吸ったり吐いたりしながら忙しなく言って、くしゃりと顔を歪める。泣きだしそうな笑っているような、なんとも複雑な表情だ。

「よかったです、お戻りになって。よかった、本当によかったですうぅ――――」

よかったよかったと言いながら、今度ははっきりと、るいはべそをかくような顔になった。

「このままだったらあたし、太っちゃうところでしたぁ！」

「……太る？」

なんとも気まずそうな顔をしていた冬吾が、間の抜けた声をだした。

そうですよと、るいは涙をためて大きくうなずいた。蔵から見える縁側を指差す。そこに、山ほどの握り飯が皿に盛られて置いてあった。

「皆さんが帰ってきたら、きっとお腹を空かせていると思って、筧屋の女将《おかみ》さんに頼んで握り飯をこさえたんです。……で、でも、昨日は帰ってこなかったから、あたし、全部食べちゃって……もし今日も皆さんが戻らなかったら、あれも全部食べるところでした」

どうやら冬吾を迎えにいって戻るまで、こちらでは二日が経っていたらしい。

「そりゃ、しっかり食べて寝て、心配せずに待ってろとは言ったけどさ」

ナツがぷっと噴き出しかけて、口もとを袖でおさえる。

「……太る以前に、腹をこわすだろうが」

冬吾の呆れたような口ぶりに、「だって」と反論しかけて、ついにるいの目からぶわっと涙がこぼれた。

「残したら、もったいないじゃないですかぁ！」

周音が、うんざりしたように冬吾を横目で睨んだ。

「泣かせるな。結局、うるさいじゃないか」

「どうしろと」

あんたねと、ナツも冬吾を咎める。

「まずこの娘に、言ってやらなきゃいけないことがあるだろう？」

一瞬言葉につまってから、冬吾はあらためてるいと向きあった。ひどくばつが悪そうに、

「留守にしてすまなかった。今、戻った。……心配をかけたな」

るいはぐすぐすと洟を啜《すす》ると、泣き顔のまま頭を下げた。

「お、お帰りなさいませ！」

七

三人が現世に戻って来てから、数日後――。

冬吾が佐々木家を訪れた。本人が言うには、「一応、今度のことの礼を言いに来た」ということだった。

毎回、帰り際に二度とここへ来るかと捨て台詞《ぜりふ》を吐いていくわりには、なんだかんだとこの弟はよく顔を見せるようになったと、周音は思う。冬吾本人にとっては、不本意なことであろう。今日も、むっつりとした顔で持参してきた包みを、客間で対座する周音に差し出した。

何かと問えば、菓子だという。

「錦堂《にしきどう》の羊羹《ようかん》だ。おまえの好物だろう」

ほう、と周音は呟いた。

「よく知っているな」

「子供の頃、おやつにこれが出てくると必ず横取りされたからな」

「さて、記憶にないが」

とぼけるなと、冬吾は彼を睨んだ。

「食い物の恨みか謝礼か、どっちを言いに来たんだ？」

「礼だと言っただろう」

周音はふんと鼻を鳴らした。

「礼なら、おまえのところの奉公人に言え。今回のことは、おまえのために骨を折ったわけではない」

「そのるいが、自分の分もおまえによく礼を述べてくれとうるさいのでな。あいつはどういうわけか、おまえのことを嫌ってはいないらしい」

早くも用件はすんだと言わんばかりに、冬吾は腰を浮かせた。今にも立ち上がって部屋から出ていきそうなのを、周音がさらりと留めた。

「茶でも飲んでいったらどうだ」

「いらん」

かまわず周音は女中を呼んだ。羊羹を渡して、茶請けにするよう指示した。

「おい」

困惑する冬吾に、周音は素っ気なく、

「子供の頃に食い損ねた分を食っていけ」

冬吾は奇妙なものでも見るような目で兄を見てから、渋々というようにまた腰を下ろした。

ほどなく女中が茶と、小皿に並べた羊羹を運んできた。

「まだ何か、訊きたいことでもあるのか」

女中が部屋からさがるのを見計らって、冬吾は口を開いた。

周音はうなずく。

「どうも解《げ》せないのでな。——ハヤのことだ」

「ハヤ？」

「あの村人たちの中で、どうしてあの娘だけが、自分が死者であることを知っていたんだ？」

ああ、と冬吾は呟いた。寸の間、考えを巡らせるようにしてから、

「それをあの子に教えた者がいたからだ」

「教えた？　誰が」

「領主が死んだ後、人が制御できなかったあやかしを一人で鎮めた僧がいたと言っただろう」

「村人たちの恨みを壺に封印した張本人だな」

「その僧は壺に入れる土を採りに、かつて村があった場所にみずから足を運んだはずだ。とすれば、そこにまだ村人たちの魂が残っていることにも当然、気づいただろう」

その時に、彼もまた冬吾たちと同じように、あやかしに取り込まれたのではないか。

——あの、永遠の夜に。

それ以前にも、くだんの村があった場所に踏み込んだ者はほとんど帰らず、生還した者がいたとしても気が触れていたという言い伝えがあった。もしかすると帰らなかった者たちは皆、餓鬼どもの巣窟に迷い込んだまま、現世に戻るすべを失ってしまったのかもしれないと、冬吾は言う。

「むろん、僧は自力で現世に戻ってきた。なにしろ、一人であやかしと対峙するほどの法力の持ち主だ。だが、それほどの人物でも、村人たちの怨嗟《えんさ》を消すことはその時にはできなかった」

封印するしかなかった。その代わりに、僧は自分の知る限りのことを、言い伝えとして残したのだ。

今回のことで、冬吾たちがまがりなりとも解決の道筋をつけることができたのは、彼らの力がその僧より勝っていたから、ということではない。僧の残した言い伝えの中の知識や情報によってこそ、なのである。

「では、ハヤは」

言い止した周音の言葉に、冬吾はうなずいた。

「ハヤは村に迷い込んだ僧と会ったんだ。そうして彼から、自分がすでに現世の者でないことを教えられていた」


――おまえたちをこの場所に閉じこめるものはすでにない。

いつも同じ夜。だがいつかの夜。村にやってきた坊様はそう言った。

丸羽様は死んだ。おまえたちに矢を射かける見張りの者らもいない。村を囲っていた杭は、取り去られたのだ。

――おまえはここにいてはならぬ。おまえたちはもう、この世のものではないのだ。一切の苦しみを捨てて、御仏《みほとけ》のもとへ行きなさい。

駄目、とハヤは首を振った。

あたしには幼い弟と妹がいるから。あの子たちを残しては行けないから。だってあたしは、ねえやだもの。とうちゃんとかあちゃんに、弟と妹の面倒をちゃんとみるって約束したもの。仏様のところへ行く時には、あの子たちも連れて行く。

そう言うと、坊様は悲しそうな、痛ましいものを見るような目で、ハヤを見た。

身を屈め、ハヤの肩に手を置いて、言った。

――可哀想だが、私にはこれ以上はどうしてやることもできない。

――だが、忘れてはいけない。おまえも村の者たちも、本当はいつでもここを出ることができるのだ。いつでも御仏のもとへ行くことができるのだ。そのことを忘れるでないぞ。さすれば、おまえも弟妹も、いつか救われる時がこよう。

ハヤは坊様に訊ねた。

いつ？　いつになったら救われるの？

――御仏はおまえたちを見棄てはせぬ。いつになるかは私にもわからぬが、必ず、御仏の慈悲によっておまえたちを救ってくれる者はあらわれるであろう。

忘れるなと、坊様は繰り返した。

それは、確信だったのだろうか。それとも哀れな少女の魂を慰めるための、苦しい言い繕いだったか。あるいは、無力なおのれへの言い訳にすぎなかったのか。

だが、ハヤは信じた。

いつか必ず、御仏が助けてくださる。弟妹と一緒に、とうちゃんかあちゃんのいる極楽へ行くことができる。

だからハヤは忘れなかった。村長の弥兵衛さんや五助はいつの間にか坊様のことを忘れてしまったけど、ハヤだけはけして忘れなかった。

そうして、待っていたのだ。

いつも同じ夜の中で。いつか、御仏の慈悲によって救われることを。


「それも言い伝えか？」

周音は眉を寄せた。

いや、と冬吾は首を振る。

「ハヤに直接聞いたことだ」

「おまえも、村であの娘に会ったのか」

そうではないと、冬吾はまた首を振った。

「あの蔵の中で会った。もう何年も前のことだ。――姿を見たのは一度きりだが、ハヤはそれ以前にも幾度か、こちら側に来ていたらしい」

「そんなことがあの娘にできたのか。どうやって……」

「僧に言われたとおり、おそるおそる村の外に出てみたそうだ。本人が言うには、ほんのわずかな距離らしいが」

ある日冬吾が蔵に入ると、見知らぬ少女が奥に膝を抱えてうずくまっていた。生者でないことは一目で知れた。名を聞けば、ハヤといった。

――助けてください。弟と妹はまだ小さいんです。お願いします、あの子たちを助けてやってください。

壺に封印されたあやかしに係わる者だということは、多くを聞かずともわかった。

「それで、自分が救ってやるとでも約束したというわけか？」

周音は胸の内で嘆息した。

いつものことだ。この弟は相手が化け物だろうが亡霊だろうが、すぐに同情する。どうせハヤを憐《あわ》れんで、救ってやりたいと考えたにきまっていた。

（救ってやりたいと……）

周音の心のどこかで小さな声がする。

同じことをハヤに懇願されて、「善処する」と答えた。おまえはあの時、何を考えた？　なぜ、きっぱりと拒絶することができなかった？

（今回ばかりは、嫌味は言えんか）

しかし周音が黙り込んだことを揶揄《やゆ》されたととらえたようで、

「おまえには、わからんさ」

冬吾の口調のほうが嫌味を含んだ。

すかさず周音はニヤリとする。

「それとも、あの壺の封印の効力が弱まっていることを知っていながら放置して、わざとあやかしを逃がしたか」

冬吾は彼を睨んだ。しかし、ほどなく諦めたように大きく息をついたところを見れば、図星である。

冬吾に手抜かりはないはずだと、ナツは言っていた。封じの効力が切れるまで放っておくはずがないと。――だから、わざとだ。

いつ封印が解けるかは予測しえなかっただろうが、それでもいつかは壺を割ってあのあやかしが出てくることを、冬吾は知っていたのだ。

（一歩間違えば、命取りだぞ）

薄々、そういうことだろうと気づいてはいた。無茶なことをする、とも思った。その無茶を軽々とやってのけるから、この弟は腹が立つ。

「まあ、おまえがどういうつもりでもかまわんが、二度と私を巻き込むな」

「だからこうして、礼を言いに来たのだろうが」

肩をそびやかして言ってから、冬吾はふと真顔になった。

「いずれ代替わりの時に、蔵の中のモノをそのまま他人に引き継がせるのも、どうかという話だ。私の代のうちに、できるものなら何とかしたいと思ってな」

「それは、あのるいという娘のことか？」

「は？　どうしてるいの話になる⁉」

周音は何気なく言ったつもりだったが、冬吾がぎょっとしたように目を見開いたので、逆に驚いた。

「あの娘ほど店を引き継ぐ条件に見合った者はいないだろう。あやかしを怖がることもないし、そもそも父親が妖怪だ。普通の人間なら踏み込むことのできないあの店の場所で、何の障《さわ》りもなく元気に働いている。何よりおまえのような難しい店主の扱いも心得ているようだしな。——それとも何か。おまえは、女房をもらって跡継ぎをつくる予定でもあるのか？　あるいは養子をとるつもりでも」

「だから、どうしてそういう話になるんだ？」

「代替わりのことまで考えているなら、当然だろう。なんなら、いっそあの娘と夫婦になれば、話は早いと思うぞ」

「周音」

冬吾は唸るように言った。

「何だ」

「二度とその話はするな。――帰る」


足取りも荒く部屋を出ていった冬吾を今度は引き留めることはせず、周音は湯呑みと茶請けの皿に目を向けた。冬吾の前にあったそれが、どちらもきれいに空になっているのを見て、口の端を緩めた。

実を言えば、羊羹が特別、好物だったわけではない。子供の頃に菓子を横取りしたのは、弟の泣きべそをかく顔が見たかったからである。もっともそんなことを口にすれば、冬吾はまたぞろ思い切り嫌な顔をするに違いない。

(言わずにおいてやるか)

それよりも今日は、あの男のもっと面白い表情を見ることができた。るいの名を出したとたんの、あの慌てようは。

（なるほどな）

何かしら腑に落ちたような気がして、周音は一人でうなずいた。

女中が部屋を片付けに来たのを機に、立ち上がる。自室に戻る前に、縁側から空を見上げた。

良い天気だ。春の空は、水のように軽やかに青く、静かだった。

ハヤはもう逝《い》っただろうか。弟や妹とともに。

ふと、周音は苦笑した。

「私は神主なのでな。御仏の慈悲と思われては些か不本意だ」

そうして視線を戻すと、次には胸の内で呟いた。

やはり死者などとは係わるものではないな、と。

光文社文庫

文庫書下ろし

鬼《おに》の壺《つぼ》　九十九字《つくもじ》ふしぎ屋《や》商《あきな》い中《ちゅう》

著者　霜《しも》島《じま》けい

2021年9月20日　初版1刷発行

発行者　鈴木広和
印刷　萩原印刷
製本　ナショナル製本

発行所　株式会社　光文社
〒112-8011　東京都文京区音羽1-16-6
電話（03）5395-8149　編集部
8116　書籍販売部
8125　業務部

落丁本・乱丁本は業務部にご連絡くだされば、お取替えいたします。
ISBN978-4-334-79246-6　Printed in Japan

組版　萩原印刷